メディアワークス文庫

君は医者になれない２
膠原病内科医・漆原光莉と鳥かごの少女

午鳥志季

目　次

第一章　去りゆく人・高木セツの追憶

俺が波場都《はばと》大学医学部に入学し医学生となって、三回目の春が訪れた。

桜の花びらが花吹雪となって空を舞う。キャンパスを新入生たちが不安と期待の入り混じった顔で行き交い、サークル勧誘の声があちこちから聞こえている。

医学部三年生ともなれば学生生活も中盤戦、医者の土台作りが始まる。一時は留年の危機に瀕《ひん》したり、コーヒーとジャンクフード好きの指導医に振り回されて大変な目にあったりもしたが、今となっては良い思い出だ。「医学生　戸島光一郎《とじまこういちろう》」と書かれた名札を身につけ白衣を羽織る度、身が引き締まるような思いがする。

勉強量は膨大だ。山積みの医学書と論文、次々と降りかかるベッドサイド・ラーニングの実習を前に辟易《へきえき》する日もあるが、避けては通れない道である。

医学生として勉学に励むべく、気持ちも新たに日本最高峰と名高い波場都大学医学部附属病院へ意気揚々と向かった俺は、風格ある病院の片隅で、

「ゲェッ！　ウッ！　ヴォッ！　オロロロロッ！　ボロロロロロロ！」

トイレでゲロを吐いていた。吐き散らかしていた。

俺は病院へ実習に来ていた。手術の見学をするためだ。本日の手術は滑膜生検《かつまくせいけん》──リウマチの患者の関節に針を刺して、中の関節液や滑膜を取ってくる処置である。医学部の実習は出席に厳しく、サボったなんてことがバレたら留年待ったなしであるため仕方なく見学に来たが、一方で俺がこうしてトイレで悶絶《もんぜつ》しているのもこの手術見学が原因である。

（うう……血が……やっぱりまだ、見るだけで気持ち悪い……）

医学生であるにも拘《かか》わらず、俺は血が苦手だ。血液恐怖症と言ってもいい。転んで擦《す》り剝《む》いた傷口から滲《にじ》む血を見るだけで気持ち悪くなるし、ましてや手術なんて見ようものなら猛烈な生理的嫌悪感と吐き気に襲われ、失神したことも数知れない。

その場でゲロを吐き散らかすことも多かった。今回はトイレに駆け込めただけ成長したと言えるだろう。ほんの一瞬だけ自分の進歩を感じて得意げになるものの、込み上げてきた嘔気《おうき》に慌てて便器を抱え込む。

「くそ……手術室に……戻らないと」

胃の中のものを吐き出すことしばし、満身創痍《まんしんそうい》の体に鞭打《むちう》って俺はよろよろとトイレを後にした。向かう先は手術室である。ゾンビのごとく足をずるずると引きずって手術室の扉を開くと、冷蔵庫の中に入ったような冷えた空気が顔に吹き付けた。

波場都大学の手術室は廊下の両脇にずらりと並んで合計二十室あり、都内大学病院の中でもトップクラスの設備数を誇る。俺が手術見学に入っているのはその中でも最奥に位置する手術室だった。

部屋の中に入ると、中にいるスタッフたちの視線が一斉に俺へ向いたのが分かった。術野の近く、マスクと帽子を身につけた女性が鼻を鳴らす。

「やっと帰ってきたか」

彼女は手術の手を止めないまま、そう言って視線を術野に戻した。

漆原光莉《うるしばらひかり》——俺の実習担当医で、波場都大学医学部附属病院「アレルギー・膠原病内科《こうげんびょうないか》」の外来医長を若くして務める医師である。気怠《けだる》げな雰囲気と破綻しきった生活習慣を持ち、コーヒーとジャンクフードをこよなく愛する社会不適合者だが、一方で医師としての能力は本物だ。

今日の手術は滑膜生検、術者は漆原先生である。実習担当である漆原先生の執刀とあれば俺が見学に入らないわけにもいかないが、一方で俺の血嫌いは漆原先生も織り込み済みである。漆原先生は目を細めた。

「別に無理しなくていいよ。学部長《じーさん》には適当に言っておくから」

「いえ、お気遣いなく」

漆原先生の言葉はありがたいが、いつまでも甘えているわけにはいかない。俺はこの腕を白衣に通すと誓っている、こんなところでもたついているわけにはいかない。漆原先生について半年近くになる。俺もいい加減、血嫌いを克服しなくてはいけない時期だ。

手術台に顔を寄せ、術野を覗《のぞ》き込《こ》む。滅菌ドレープに覆われた膝関節《ひざかんせつ》に、ゆっくりと針が差し込まれていく。シリンジの中に血液混じりの関節液が溜《た》まっていく。その赤色から、目が離せなくなる。

心臓が脈打つ。目の前がくらくら揺れて、視界がチカチカ瞬《またた》く。俺は崩れそうになる足をなんとか押しとどめ、震える声を絞り出した。

「……漆原先生」

「なに?」

「もう一回、トイレ行っていいですか」

漆原先生はこれ見よがしなため息を深々とついた。そののち、

「さっさと行ってきな」

　そう言い捨てた。俺は頭を下げたあと、こそこそと手術室を出た。


　結局その日は手術室とトイレをシーソーよろしく行ったり来たりしてばかりで、まともな手術見学はできなかった。体を休めることしばし、ようやく体調が回復してきた俺は、院内のタリーズでホットコーヒーをゆっくりとすすっていた。

　俺の前には一人の女性が座っている。俺と同い年の大学三年生、ショートカットの髪に、少しだけまなじりのつりあがった猫目が特徴的な美人である。

　彼女――式崎京《しきざきみやこ》は呆《あき》れたような声を出した。

「なに？　あんたまた手術室でゲロ吐いたの？」

「またとはなんだ。今回は吐く前にトイレにも間に合ったぞ」

「むしろ、間に合わなかったこともあんの……？　手術室でゲロを吐くのはさすがにヤバくない？」

　京は信じられないものを見るような目で俺を見たあと、ハニーミルクラテをちゅるちゅると飲んだ。

この女とも長い付き合いになる。小学校から大学まで一緒で、よく言えば幼馴染《おさななじみ》、悪く言えば腐れ縁という間柄である。京は諸般の事情でついこの間まで入院していたのだが、今は回復して元気に大学に通っているようだ。

「春休みの間まで漆原先生のところに入り浸りなんて、光一郎も熱心だね」

「そういうお前も、小児科の医局に通っていると聞くぞ」

「私は教授に顔を覚えてもらって、医者になったら稼ぎの良《い》い病院のポストを回してもらおうと思ってるから」

京は何食わぬ顔で言った。この女は昔から抜け目ないというか、ちゃっかりしているところがある。

俺はスマホの時計を確認した。思ったよりも時間が過ぎている。俺は慌てて席を立った。

「悪い、そろそろ行く」

「何かあるの？」

「これから実習なんだ」

「こんな時間に？　もう外来閉まってるでしょ」

「今日は当直実習なんだ」

俺がそう言うと、京は事情を察したように肩をすくめた。

「あんたも大変だねえ」

俺は苦笑いを返し、タリーズをあとにした。


その日、俺は漆原先生と一緒に当直に入ることになっていた。

当直――病院に泊まり込んで夜間の診療に当たる当番医のことで、波場都大学医学部附属病院の内科医はざっと二、三週間に一度当直に入るそうだ。課外実習の一環として、俺も漆原先生の当直を泊まり込みで見学する、というわけである。

病院で一泊する必要があり負担が大きいため、当直実習というのは一般的には敬遠される。学生によっては仮病やでっち上げの忌引きを駆使してなんとか回避したがるほどのものだが、一方で俺は実はこの当直実習を楽しみにしていた。

（当直。……医者らしい響きだ……！）

医者に憧れてはや十年余り、学生の身分ではあるがこうして当直として病院に泊まり込むと、なんだか自分が医者になったような気持ちがする。

夜遅くの病院に人気はなく、二十四時間営業の売店にだけ煌々《こうこう》と明かりが灯《とも》っている。俺は漆原先生と一緒に晩御飯の買い出しに来ていた。カレーやうどん、焼肉弁当など、種々雑多な品を前に、俺は大いに悩んだ。

「カレー……だけだと夜中にお腹空《なかす》くよな……夜食の蕎麦《そば》も……」

「随分時間かかってるね」

いつの間にか会計まで済ませていた漆原先生が、訝《いぶか》しげに俺を見上げていた。彼女の手にはカップラーメンの器が握り締められている。

「そりゃそうですよ。まだまだ夜は長いんです、食料はしっかり買い込んでおかないと」

しばし悩んだのち、俺は焼肉弁当と蕎麦、ついでにデザートのカスタードプリンを購入することにした。飲み物も買わないと、と俺は慌ててペットボトルの陳列棚へ向かう。漆原先生がぼそりとつぶやいた。

「……青いね」

「え？」

「何も言ってないよ」

振り返ると、意味深長な笑みを浮かべる漆原先生が目に入った。弁当やお菓子、飲み物を買い込む俺を見て、漆原先生は笑みを深くした。どうも引っかかる態度ではあったが、漆原先生はそれ以上は何も言わずに売店を後にした。

波場都大学医学部附属病院には当直医用の寝室がいくつか用意されている。当直医だけでなく、学生も使っていいらしい。ベッドと電子カルテの端末が置かれただけの簡素な部屋だが、それでも部屋に入った時は胸の高鳴りを抑えられなかった。

（これが当直室か……！）

一気に自分が医者に近づいたような気がした。漆原先生は、

「じゃ、私は自分の部屋で寝てるから」

と言い残して去っていった。

ベッドの上で意味もなくゴロゴロ転がったり、電子カルテ用のデスクトップＰＣでネットサーフィンをしたりしたあと、俺はさて晩御飯でも食べるかと腰を上げた。先ほど売店で買い込んだレジ袋を漁《あさ》り、まずは焼肉弁当を食す方針とする。売店でチンしてきた焼肉弁当は、手に取るとまだじんわりと温かい。

蓋を開けると、ほわりと湯気が立ち上った。ホカホカの焼肉からは肉汁が出てご飯に染み込んでおり、蛍光灯に照らされて透明な脂がキラキラ光っていた。実に美味《おい》しそうである。スタミナのつきそうな焼肉を思いっきりかき込もうと大きく口を開けたところで、

「戸島」

「うわっ⁉」

ノックもなしに部屋の扉が開かれる。そこに立っているのは漆原先生だった。

「いきなり入ってこないでくださいよ」

「急変に呼ばれた。ついてきて」

「え」

俺は手元の焼肉弁当と漆原先生の間で視線を往復させた。焼肉弁当からは相変わらずホワホワと湯気が上がっている。

漆原先生は「早くしろ」と言わんばかりの苛立《いらだ》った様子で腕組みをして俺を待っている。ちょっと焼肉弁当食い終わるまで待っててください、とはとても言える雰囲気ではなかった。俺はがっくりと肩を落としたあと、焼肉弁当をベッドの上に置いて部屋を出た。

呼ばれたのは、消化器内科病棟で意識障害をきたした患者が発見されたためだった。当直医は数が少ないので、こうして普段は診療しない科の患者に対応することがままある。普段の漆原先生は膠原病内科医だが、今夜に限っては内科領域の患者を一手に診るわけだ。

漆原先生は手際良く血糖値を測ったり頭部ＣＴを撮ったりしたが、それでも一通りの対応が終了するまで一時間程度はかかった。最終的にはインスリン増量の影響による低血糖の診断となり、漆原先生がブドウ糖を舐《な》めさせたら患者はすっかり元気になっていた。

なお、小一時間ひたすら立ちっぱなしで見学していた俺は空腹のあまり目の前がくらくらしてきて、俺自身の血糖値も危険水準まで低下していることは容易に推察された。

急変対応が終わり、俺はいの一番に当直室へ戻った。放置された焼肉弁当がベッドの上に鎮座ましましている。すっかり冷えて、固まった脂が容器の隅にこびりついているが、チンする時間ももどかしく、俺は箸を手に取った。

（やれやれ、やっと晩飯か）

時計を見ると、時刻はすでに日付をまたごうとしている。随分遅くなってしまった、まあ当直ってこんなものかもしれないなと思いながら、焼肉を頬張るべく口を開けると、

「戸島」

「うぉっ⁉」

またしても予告なく部屋の扉が開かれる。のっそりと入り口に立つのはやはり漆原

先生である。

「さっきも言ったじゃないですか、ノックくらいしてくださいよ」

「救急外来に患者が来てる。初療に当たった救急科の話だと、抗《こう》A《エー》R《アール》S《エス》抗体《こうたい》症候群の間質性肺炎《IP》増悪らしい。入院が必要だ」

「……はあ」

「今から診察に行くよ」

俺は泣きそうな気持ちで手元の焼肉弁当と漆原先生の間で視線を往復させた。

「あの、晩御飯を食べる時間は」

漆原先生はチッと舌打ちをしたあと、俺に何かを放り投げた。見ると、カロリーメイトの箱だった。

「……これは？」

「君の晩御飯」

俺は唖然《あぜん》とした。

「エレベーターの中で食べな」

漆原先生はツカツカと歩き出す。俺は意気消沈し、焼肉弁当を再びベッドの上に置いて後を追った。ちなみにカロリーメイトはバニラ味だった。

実際に救急外来に行ってみたら、患者は酸素の値がすっかり悪くなっていて、CTでも肺が真っ白になっており、確かに医学生の目から見ても明らかに入院適応だった。ところがいざ入院手続きをしようという段階になって患者が、

「入院はしたくない！　明日仕事の会議があるんだ！」

とゴネ出す珍事が発生し、スタッフ総出で説得に当たる事態となった。その説得には俺までもが駆り出され、最終的になんとか患者さんに入院を了承してもらった時、俺はすっかり疲労困憊《ひろうこんぱい》していた。

病棟への患者搬送も終わりようやく一息つける状態になって、俺はふらふらと当直室へ戻った。あちこち走り回った疲れと空腹で、今にも倒れそうだった。

ベッドの上に置かれた焼肉弁当はすっかり水気も抜けてガチガチのパサパサになっていたが、この際贅沢《ぜいたく》は言っていられない。ようやく食事にありつける喜びに俺は目をギラつかせ、震える手で箸を握る。今度こそ逃がさんぞとしなびた焼肉を見下ろしながら、俺はぐわっと口を開け、

「戸島」

「おわっ⁉」

部屋の扉を叩《たた》き開《あ》けたのはまたしても漆原先生である。俺は薄々用件を察しながら

も、祈るような気持ちで尋ねた。

「……どうしましたか」

「救急車が今から来る。七十七歳男性、突然発症の右上下肢麻痺《みぎじょうかしまひ》。あと五分くらいで病着する、今すぐ下に行くよ」

俺は天を仰いだ。漆原先生が「ほら早くしな」と言いながらスタスタ歩き出す。俺の脳裏をよぎるのは、晩御飯の買い出しに行った際の漆原先生の言だ。

――青いね。

確かにこれだけ忙しいなら、ゆっくり晩御飯を食べるゆとりはないだろう。遠足にでも行くようなはしゃいだ気持ちで焼肉弁当やらプリンやらを買い込んでいた数時間前の自分を心中で嘲笑《あざわら》いながら、俺はとぼとぼと漆原先生についていく。

救急車で来た患者はどうやら脳梗塞《のうこうそく》だったようだ。ＭＲＩを撮ったりストレッチャーを押して病棟への搬送を手伝っている間に時間は過ぎ去り、全てが終わった頃、窓から眩《まぶ》しいほどの朝日が差し込んできていた。

当直実習を終え、俺はその足で外来診療棟へと向かった。一睡もできなかったし本音を言うと帰って寝たかったが、今日は漆原先生の外来がある日なので俺も同席しなくてはいけない。

眠い目を擦《こす》って外来診察室の片付けをしていると、机の上にことりと湯気の立つコーヒーが置かれた。

「眠そうだね、戸島君」

「あ、内田《うちだ》さん」

外来看護師の内田紗希《さき》さんである。漆原先生の外来によく一緒についてくれる人で、時々口にする京都弁が可愛《かわい》い美人だ。人柄の良さが滲み出ているほんわかとした口調で、

「聞いたよ。当直実習だったんだってね」

「キツかったです。寝られませんでした」

内田さんは形の良い眉をひそめた。

「今日は早退したら」

「いけます。大丈夫です」

血が怖くて体調を崩しやすい都合上、どうしても俺は実習を途中抜けしてしまうことが多い。本を正すと俺が漆原先生について回っているのも、あまりに血が苦手で実習の出席回数が足りなくなってしまった救済措置として、課外実習を行っているとい

う体なのだ。せめて外来の時は根性を見せて勉強しておきたい。

内田さんが淹《い》れてくれたコーヒーは五臓六腑《ごぞうろっぷ》に染み渡る深い味わいがした。カフェインで脳を叩き起こし外来に備えること数十分、しかし一向に漆原先生が現れる気配はなかった。内田さんが首を傾《かし》げる。

「漆原先生、来ないな。どうしたんだろう」

「患者さん、もう待ってますよね」

俺は壁時計にちらりと目をやった。外来開始時刻は目前に迫っている。

さらに十分以上が経過しても、やはり漆原先生は姿を見せない。心中で嫌な予感がむくむくと膨れていく。同じ懸念を内田さんも抱いたようで、

「……戸島君。漆原先生って、今日は当直明けなんだよね」

「そうです。当直実習はずっと漆原先生についてましたから、間違いありません」

俺が一睡もできなかったということは、つまり漆原先生も不眠不休で働いていたということだ。そして漆原光莉は目覚まし時計を何個セットしても起きられない寝汚《いぎたな》さが特徴である。

「……当直室行ってみようか」

内田さんの提案に俺は頷《うなず》いた。

院内を歩くことしばし、俺たちは当直室の前にたどり着いた。部屋の前に脱ぎ散らかされた見覚えのあるローファーを見て、俺は漆原先生が当直室の中にいることを確信した。

「漆原先生？　内田です。起きてください、そろそろ外来ですよ」

内田さんが部屋の扉を控えめにノックする。返事はない。部屋の中は死んだように静かだ。

内田さんに続いて、俺は少し強めに部屋の扉を叩いた。

「先生！　もう朝ですよ、起きてください」

やはり返答はない。内田さんと目配せを交わしたあと、俺たちはそっと当直室のドアノブに手をかけた。どうやら鍵はかかっていないようで、ノブはゆっくりと回った。

果たして部屋の中では、

「ぐー……」

ベッドの上で大の字になって眠っている女が、一人。案の定の光景を前に、俺と内田さんは揃《そろ》って頭を抱える。

漆原先生は猛烈な勢いで惰眠を貪っていた。脱ぎ散らかされた白衣、割り箸とカップラーメンの空き容器が部屋の床に転がっている。

当直が明けたあとカップラーメンを買い込み、当直室で貪るように食べたあと、そのまま気絶するように眠ってしまった漆原先生の姿が目に浮かぶ。昨夜の忙しさを思えば同情する気持ちもあるが、それはさておき残念ながら本日の彼女の外来は張り詰めた風船のようにパンパンなので、ここは漆原先生を叩き起こす以外の選択肢はない。

俺は内田さんと一緒に漆原先生の肩を揺さぶる。

「先生！　起きてください！」

「外来始まりますよ！　漆原先生！」

漆原先生は目を開けない。実にウザそうに「んー……」とうめいたきりである。

もっとも、この程度で漆原先生が起きないのは織り込み済みだ。俺はここに来る途中にタリーズで買っておいたホットコーヒーを漆原先生の鼻に近づけた。

「先生、起きてください。……コーヒーもありますよ」

「ん？　んー……」

漆原先生の鼻がひくりと動く。漆原先生はベッドの上で上半身を起こし、

「……むう」

おもむろにコーヒーを奪い取り、一気に飲み干した。よしこれで漆原先生も起きてくれるだろうと俺は胸を撫《な》で下《お》ろしたが、

「ん」

コーヒーの容器を俺に手渡したあと、なんと漆原先生は再びベッドに潜り込んだ。

俺は慌てて肩を揺する。

「ちょ、ちょっと！　何コーヒー飲むだけ飲んでまた寝てるんですか！」

「………………」

再び健やかな寝息を立て始める漆原先生。

「いや、寝るの早ッ……！　漆原先生！」

横を見ると、内田さんが額を手で押さえていた。

「当直明けの漆原先生、毎回こうなのよ。テコでも起きひん……」

「どうするんですか。この調子だと弾道ミサイルが落ちてきても起きないですよ、この人」

「目が覚めるのを待つしかないね」

深々とため息をつく内田さん。折しも内田さんの院内電話《PHS》が着信音を立てたので、俺たちはいったん当直室の外へ出た。

「はい、内田です。……え、救急車ですか？　膠原病内科にかかりつけの人……なるほど。分かりました」

内田さんはちらりと当直室の扉に目をやった。

「漆原先生は今ちょっと手が空いてなくて……。患者さんの情報を教えてもらえますか？　引き継いでおきます」

内田さんはメモ帳を取り出し、サラサラとメモ書きを始めた。いかにも仕事がデキる人という感じで、こんな人が上司だったらさぞやりやすいだろうなと俺は思った。どこかの自堕落選手権日本代表みたいな膠原病内科医とは大違いである。

「八十歳の女性、疾患は……全身性強皮症《ぜんしんせいきょうひしょう》ですか。施設入所中、ＡＤＬ《エーディーエル》低下、誤嚥《ごえん》性肺炎《せいはいえん》を繰り返している……今回、数日前からの発熱と、酸素化の低下あり……なるほど、分かりました」

内田さんは時折頷きながら、ボールペンを走らせる。

「患者さんの名前とＩＤ、いいですか。――分かりました。高木《たかぎ》セツさんですね」

その時、いきなり当直室の扉が勢いよく開かれた。あまりに勢いよく開かれたので、扉の角が俺の額に直撃した。涙が出るほど痛かった。

額を押さえて悶絶する俺。涙目で顔を上げると、いつの間にか起きてきたらしい漆原先生が険しい顔で立っていた。

「高木セツ？」

漆原先生は低い声で言った。びっくりした様子で目を丸くする内田さん。漆原先生は引ったくるように内田さんの院内電話《PHS》を受け取り、

「漆原だけど。……なるほど、誤嚥性肺炎だろうね。救急車はいつ来るの？　十分後？　了解、今から行く」

漆原先生はばさりと白衣を羽織った。なんだなんだと思いながら、俺たちは慌てて漆原先生の後を追った。

救急車を受け入れるような大病院では、一般的な外来診察室に加えて救急外来――夜間休日の診療や、救急車の受け入れと治療を行うためのブースがある。波場都大学病院も例外ではない。

三次救急、すなわち超重症患者を受け入れられる病院というのは都内であっても限られるが、波場都大学医学部附属病院はその数少ない三次救急病院の一つだ。必然、よその病院では手に負えない重症症例が運ばれてくることになる。

波場都大学医学部附属病院の救急外来はいつも喧騒《けんそう》に包まれている。慌ただしく行き交うスタッフの間を縫うようにして漆原先生は歩いていく。たどり着いたのは救急外来の一角、診察用のベッドが何台か並べられた場所だ。ベッドに横たわる患者たちの顔を順番に確認していき、漆原先生はとある患者の前で足を止めた。

「……高木さん」

漆原先生がぽつりと言った。高木、と呼ばれた患者はそっと目を開いた。

老齢の女性だ。すっかり髪は白くなっていて、活気に乏しい。手足は痩せ細って枯れ木のようで、肌は乾いて潤いがない。一見して分かるレベルの栄養状態不良だ。口元には酸素マスクがつけられていて、高流量の酸素が送られている音が聞こえていた。

高木さんの瞳が漆原先生へと向く。

「あら、先生。久しぶり」

高木さんはゆっくりと喋《しゃべ》った。弱々しい声だった。

「なんだか先生の顔見たらホッとしちゃった」

「私は医者だ。私の顔なんて、見ないに越したことないんだけどね。……今回はどうして？」

漆原先生は高木さんの体に聴診器を当てたり、あちこち触診したりしながら尋ねた。

高木さんが答える。

「最近ご飯がうまく呑《の》み込《こ》めなかったんだけど、熱が出て息苦しくなって、看護師さんが救急車呼んだのよ。……また誤嚥しちゃったのかしらねえ」

「疑いは強い」

漆原先生は小さく頷いたあと、近くに控えていた看護師に矢継ぎ早に指示を出し始めた。

「入院の準備を。胸部単純CTと、ついでにレントゲンに心電図。採血、血液培養、痰培養《たんばいよう》もね。入院主治医は私でいい」

看護師さんは頷き、スタスタと歩いていった。漆原先生は高木さんに小さく手を上げ、

「じゃ、高木さん。また来るから」

「今回もお願いします、先生」

「うん」

漆原先生は背を向け、歩き出す。高木さんがぽつりと言った。

「もうすぐ孫の誕生日なのよ。それまでに帰れるかしらねえ……」

漆原先生はほんの一瞬だけ足を止めたが、

「治療経過次第だね」

そのまま振り返らず、漆原先生は再び歩き出した。

早足で廊下を歩く漆原先生。俺は置いていかれないよう慌てて追いすがった。

「お知り合いなんですか」

しばらく、漆原先生は無言だった。ややあって、

「高木セツ。八十歳の女性で、二十六歳の時に全身性強皮症を発症した。逆流性《ぎゃくりゅうせい》食道炎《しょくどうえん》と間質性肺炎の合併あり、ステロイドとシクロフォスファミドを併用して治療に当たった。直近だと三年前の年明けにミコフェノール酸モフェチル導入を契機とした血球減少を発症し入院、以降は訪問診療も併用しながら外来に通ってたはずだよ」

カルテも見ずにつらつらと言ってのける漆原先生。普段はだらしないが、患者のことに関してこの人の記憶力は凄《すさ》まじいものがある。

全身性強皮症は自己免疫疾患の一種だ。強皮症の名の通り、第一の特徴は皮膚の硬化である。さらには間質性肺炎を合併することもあり、治療抵抗性であることが多い。難病の代表選手と言うべき疾患だ。

「昔、私が膠原病内科医になりたての頃、初めて受け持った患者が高木さんだったんだよ。全身性強皮症による偽性腸閉塞《ぎせいちょうへいそく》を発症しての入院だったはずだ」

「へえ……」

漆原先生にも新人だった時代があるのか。当たり前と言えば当たり前なのだが、今の彼女しか知らない俺にとっては新鮮な話だ。俺は尋ねた。

「今回の症状の原因は……」

「十中八九、誤嚥性肺炎だろうね」

「つまり、咽《む》せ込みのせいで肺炎になったってことですか」

「そう。あの日常生活動作《ADL》の程度なら、誤嚥するのも無理はない」

漆原先生の表情は浮かない。どうしたんだろうと俺は訝った。誤嚥性肺炎であれば治療方針は自《おの》ずと決まってくる。誤嚥の原因となる食事はいったん中断し、点滴と抗菌薬投与で肺炎が落ち着くのを待つのだ。

漆原先生と並んで院内を歩く。しばらくして、漆原先生は独りごちた。

「……今回が最後かもしれないな」

「え？」

不吉なことをつぶやく漆原先生。どういうことか聞こうと思ったが、漆原先生は「私は病棟に寄っていくから、先に外来に戻ってて」と言い残し、入院病棟へと通じるエレベーターへひょいと乗り込んでいった。質問するタイミングを逸した俺は、首をひねりながら外来棟へと戻った。

数時間後。漆原先生が散らかした外来診察室をなんとか掃除し終わったあと、俺は入院患者のいる病棟へと向かっていた。今日の朝に緊急入院となった患者——高木セツさんに挨拶をするためだ。医学生として俺が実習に来ることを高木さんは快諾してくれたらしく、そのお礼と挨拶に行っておけ、と看護師長のオバチャンから厳しく言われている。

発熱と酸素化の悪化のために入院となった高木さんだが、採血——つまり血液検査の結果、炎症反応が高い値を示していた。さらに、胸部CTを撮ってみると肺の下の方に肺炎像が広がっていることが分かった。採血の結果や痰培養の結果と合わせて誤嚥性肺炎の診断となったと聞いている。漆原先生の見立て通りだ。早速抗菌薬の点滴による治療が始まったはずだ。

控えめなノックののち、高木さんの個室に「失礼します」と足を踏み入れる。高木さんはベッドの上に横になっていた。目は閉じられており、ゆっくりと胸が上下している。

(寝てるのか)

出直そうと思った俺だが、高木さんの目がうっすらと開かれた。

「あら。こんにちは」

高木さんが声をかけてくる。俺は頭を下げ、

「学生の戸島です。本日から担当させていただきます、よろしくお願いします」

緊張気味に挨拶をする。高木さんはじっと俺を見つめた。まるで中身を見透かそうとするかのようだった。長い時間を経たあと、

「学生さんということは、いずれはお医者様に？」

心臓が跳ねる。その質問は、俺にとってはとてもデリケートで重大なものだ。特に、今は。

俺は目を瞬《しばたた》かせたあと、おずおずと言った。

「そうです。その予定です」

「予定？　なんだか他人事《ひとごと》なのね」

高木さんは首を傾げた。俺はつい、反射的に目をそらす。

医者になる。言うまでもなくこれは俺の目標だ。人生をかけて突き進んできた夢だ。

だが、

――医者に必要なのは、患者を殺しうるという自覚だと思います。

数ヶ月前、俺は大きな失敗と挫折を経験した。ある患者を誤診した上に、間違った治療方針を強行しようとしたのだ。その事件を通して、俺がいかに医者という仕事に適性のない人間であるかを、まざまざと突きつけられた。

それ以来、以前ほど声高らかに医者という夢を掲げられなくなっている自分がいる。

「ふうん。……」

高木さんが目を細める。背中を嫌な汗が滑り落ちる。高木さんは淡々とした口調で言った。

「大丈夫？　あなた」

「え……」

大丈夫、とはどういう意味か。問い返そうと思ったが、高木さんが大きく咳《せ》き込《こ》んだ。

「ごめんなさい。少し休ませてもらっていいかしら」

「あ。も、もちろんです！　すみません、お邪魔しました」

俺は慌てて一礼し、モニターに表示される高木さんのバイタル・サインに問題がないことを確認したうえで退室した。

病室の扉を閉めたあと、深々と息をつく。やっちまったなあと頭を抱えた。

（その予定です、って……。そんなこと言われたら、患者さんはそりゃ不安にもなる）

どうしてあんなことを言ってしまったのか。自己嫌悪が頭の中で渦を巻いた。高木さんはきっと俺に不信感を抱いたことだろう。患者との信頼関係の構築はとにかく初対面の印象が肝心とはよく言われることだが、今回は高木さんとの関係性に大きく影を落とす会話となってしまった。

どう挽回《ばんかい》したものかと思案する俺。だが、ふと視線を感じて顔を上げると、

「あ」

病棟の廊下に立つ人物と目が合った。高校生くらいの女の子だ。学校の制服を着ている。彼女は緊張したように何度か視線をさまよわせたあと、

「高木セツの見舞いに来たんですけど。孫です」

と話しかけてきた。落ち込んだ気持ちをいったん忘れ、俺は慌てて背筋を正す。

「この部屋ですよ。面会可能ですので、このまま入っていただいて結構です」

俺はつい先ほど出てきた高木さんの病室を手で示した。お孫さんはぺこりと頭を下げたあと、病室の扉に手をかけた。

「あの」

くるりと振り返るお孫さん。

「祖母の容態は……どうなんでしょうか」

患者やその家族としては、当然気になることだろう。だが同時に、実は答えるのが

非常に難しい質問でもある。

高木さんの肺炎はそれなりに強い炎症もあり、酸素の値も悪い。ただ誤嚥性肺炎であれば然《しか》るべき治療をすれば改善が見込めるとは思う。ただ気になるのは、高木さんはこれまで何度も誤嚥性肺炎を繰り返しており、体が衰弱している点だ。誤嚥性肺炎が良くなったとしても、その後体調を立て直すだけの体力が戻らない人というのも、時々いると聞く。高木さんがそうならないという保証はどこにもない。

俺はごくりと唾を飲んだ。

「肺に炎症があります。もう治療は始まっていますが、今後どれくらい良くなるかは、まだ分かりません。詳しいことは主治医の先生からまた話があるはずですよ」

なんとか浮かべた愛想笑いは、自分でも分かるほどにぎこちない。お孫さんは「そうですか」と歯切れの悪い返事をしたあと、小さく頭を下げた。そのまま病室の中に入っていくお孫さん。その背中を見送ったあと、俺は逃げるようにそそくさと病棟を後にした。


波場都大学のキャンパスから程近いところに学生寮があり、家賃も安く食事もついてくるということで入学以来俺はその寮で暮らしている。二《に》鷹寮《たかりよう》というところだ。俺の他にも我が幼馴染たる式崎京や医学部の学友たちが数多く住んでおり、実家を出た当初は不安もあったが今となってはなかなか居心地良く過ごしている。

夜半。寮の玄関を入ってすぐの場所にあるリビングで、テーブルを挟んで向かい側には京が座っている。昼間の一件――高木さんに将来のことを尋ねられて「医者になる予定である」と返答し、怪訝《けげん》な顔をされてしまったことを話すと、京は呆れたように肩をすくめた。

「そりゃ嫌われたね」

水戸《みと》出身の同期が持って帰ってきたお土産のさつまいもスティックをポリポリとかじりながら、京は言った。

「医者になりたくて仕方ないんです、ってアピールする必要はないと思うけどさ。とりあえず医者になっときます、って態度の人には診られたくないでしょ、フツー」

京は手元の生理学の教科書に視線を向けた。俺はなんだか決まりが悪く、言い訳するように言った。

「とりあえず、なんてつもりはない。俺はそんないい加減な気持ちで医者になろうなんて思ってない」

「知ってるよ。でも、患者には伝わってない」

京の方が正論だ。俺は言い返せず、むくれて椅子に座り直す。京は続けて言った。

「ま、気にすることないんじゃない。どうしたって相性の悪い患者はいるでしょ」

「それはそうだが」

「医者も患者も人間なんだから、仲良くなれたりなれなかったりするのは当たり前だよ」

京は唐突に顔をしかめた。

「私もこの前は大変だった……。子供の採血しようとしたらメチャクチャ抵抗されたし、挙げ句の果てに『死ねクソババァ』とか言われるし」

「お前ももうババアと言われる歳《とし》か」

「まだ二十歳。ぶっ飛ばすよ」

京は殺気の籠もった目で俺をにらんだ。この女は怒るととても怖いので、この話題からは撤退することにする。

京がガメているさつまいもスティックを一本つまんで口に入れる。優しい甘みが口の中に広がった。なかなか美味しい。京が「ちょっと、私のなんだけど」と文句を言っているのを聞き流しつつ、俺はどうしたものかと思案に暮れた。

幸い高木さんの肺炎は徐々に改善していった。水浸しだった肺の炎症は少しずつ良くなり、採血でも炎症反応の数値は落ち着いた。治療が効いた、と言っていいだろう。

これなら思ったより早く退院できるんじゃないか。呑気《のんき》にそんなことを考えていた俺だが、ほどなくその見通しが間違いであったことを知る。高木セツという症例には、新たな問題が浮上していた。

食事が食べられないのだ。

俺は漆原先生と一緒に、高木さんの病室を訪れていた。病室には高木さんのほか、お孫さんとその両親も顔を揃えている。険しい顔をした家族を前にしても、漆原先生は緊張した風もなく病状の説明をしていた。

「見ての通り、肺炎自体は改善傾向ではある」

漆原先生は二つのCT画像を指差した。入院直後、そして昨日撮影したものだ。肺の下側に広がっていた白い影は、随分と良くなっていた。

漆原先生はいったん言葉を切った。そののち、

「けれど、大きな問題がある。嚥下《えんげ》機能――呑み込む力がかなり落ちていることだ」

高木さんが目を閉じる。入院して以降、さらに痩せていた。点滴のために何度も針を刺したからか、前腕にはいくつも青あざが見えていた。

「一番呑み込みやすい食事はゼリーって言われてる。でも今の高木さんは、ゼリーでも咽せてしまう状態。これだと食事から栄養を摂《と》ることができない。無理に食べようとすれば、気管に入ってまた誤嚥性肺炎になるか、最悪の場合は窒息する」

窒息、という言葉を聞いて、お孫さんの顔がこわばるのが分かった。先日も高木さんの見舞いに来ていた子だ。あの日以来、毎日お見舞いに来ているようだ。相当なおばあちゃん子らしい。

「何か他の手はあるんですか」

目元の小皺《こじわ》が目立つふくよかな女性——おそらく高木さんの娘だろう——がおずおずと尋ねた。漆原先生はゆっくりと言った。

「一つは点滴。けれど、短期間ならまだしも、長期間を点滴でしのぐことはできない。栄養が足りない」

漆原先生は高木さんに目を向けた。

「もう一つの手は胃管や胃瘻《いろう》。これは鼻に管を入れたり、お腹に小さな穴を開けたりして、食べ物を直接胃や腸に送り込む。これなら誤嚥の心配は少ない」

高木さん本人や、家族たちの顔が曇るのが分かった。無理はない。「食事をする」というのは人間の根本的な欲求の一つだ。胃管や胃瘻を使えと言われても、素直に受け入れることは難しいだろう。

　しばし、沈黙。やがて、おずおずと高木さんの娘が言った。

「母が、それで元気になるなら……」

　だがその時、高木さんが声を発した。

「結構です」

　決して大きな声ではなかったが、鋭い響きがあった。視線が高木さんに集まる。高木さんは強い口調で言った。

「口から食べられるよう、今のリハビリを頑張ります。それでも食べられないなら、それは寿命。受け入れます」

「でも、お母さん……」

　娘が高木さんの肩に手を置く。目に涙が浮かんでいた。高木さんはゆっくりと首を横に振った。

「この病気になって以来、死ぬことの準備はずっとしてきました。余計なことはしたくありません」

　丁寧だが、有無を言わさぬ口調だった。

　俺は高木さんの家族を順番に見た。皆、動揺はしていそうだが、明らかな異を唱える声はなかった。おそらく、家族の人たちもいつかはこういう日が来ることを分かっていたのだろう。

　漆原先生はゆっくりと頷く。

「分かった。このまま悪くなる一方だと決まったわけじゃない。引き続き治療に当たるよ」

「よろしくお願いしますね。先生」

　高木さんはふっと破顔した。

「漆原先生とも、長い付き合いになっちゃったわね」

「うん。悪いけど、まだ付き合ってもらう」

　漆原先生は小さく笑った。そののち、俺を連れて病室を出る。

　病棟の廊下を歩きながら、俺は尋ねた。

「漆原先生って、ずっと高木さんの主治医なんですか」

「ん？」

「高木さん、すごく先生を信頼してるなって思いました」

　基本的に高木さんは丁寧な人だ。俺のような医学生でも邪険に扱わないし、看護師さんにモノを頼む時はお礼の言葉を忘れない。だがその中でも、漆原先生には特別信用を置いているように感じた。

漆原先生はしばらく何も言わなかった。エレベーターのボタンを押し、扉が開くのを待ちながら、ぼそりと漆原先生が言った。

「昔、少しね」

「昔？」

何かトラブルでもあったのだろうか。だが漆原先生の声に苦いものはない。どちらかというと、思い出を懐かしむような響きがあった。詳しい事情を聞きたくなった俺だが、

「うちの病棟の冷蔵庫、そろそろコーヒーが切れそうだから。新しいの買っておいて」

そう言い残し、漆原先生はスタスタと一人でエレベーターに乗り込んでいった。俺の目の前で扉が閉まる。質問のタイミングを逃した俺は、果たして漆原先生と高木さんの間で何があったんだろうかと首をひねりながら、病棟の冷蔵庫の中身を確認しに行った。


血嫌い医学生である俺にとって、最大の鬼門の一つが採血だ。膠原病内科は採血の

値が重要な疾患も多く、そこかしこで採血をしている光景を見かける。しかし俺は採血のことを想像するだけで怖気《おぞけ》が走るし、シリンジに溜まった血液を見ると失神しそうになるのが常だ。

その日、俺は高木さんの様子を見るために、朝方部屋を訪れた。高木さんは相変わらず嚥下のリハビリが思うように進んでおらず、病状は芳しくない。具合が悪くなってないか心配しながら病室の扉を開けると、

「──あ」

高木さんのベッド脇に看護師さんがしゃがみ込み、駆血帯のゴムを巻いて腕をさすっていた。横には採血用の針やシリンジ、消毒アルコール綿が置かれている。採血をしようとしているのだろう。

幸い、まだ採血は始まっていない。血を見るハメになる前に立ち去ろうとこっそり扉を閉めようとした俺だが、

「あら。おはよう」

高木さんが俺に目を向ける。具合が悪いだろうに、このお年寄りは不思議なくらいに意識は清明で、目敏《めざと》い。俺は観念して頭を下げた。

「おはようございます。すみません、採血の邪魔しちゃいましたね」

看護師さんがちらりと鬱陶しそうに俺に目を向ける。「採血の邪魔だから外へ出ていろ」ということだろう。俺としても血を見た挙げ句に患者の眼前でゲロを吐き散らかすわけにはいかないので、愛想笑いを浮かべつつそそくさと部屋を去る方針とする。だが、

「そうだ。あなた、医学生よね」

高木さんが話しかけてくる。こくりと頷いた俺の前で、高木さんは信じられないことを言った。

「ちょうどいいわ。あなたが採血したら？」

突然の申し出である。俺は目を白黒させた。高木さんは小さく笑う。

「前に漆原先生から聞いたのよ。医学生って言っても、患者さんから採血する練習はほとんどできないんでしょ。私は構わないから、やりなさい」

いいでしょう？　と高木さんは看護師さんに目を向ける。頼む断ってくれとこっそり念を送るが、

「分かりました。じゃ、私は他の部屋回ってるから、また来ますね」

看護師さんはあからさまに「仕事押し付けられたぞラッキー」みたいな顔をしながら部屋を出ていった。部屋には俺と高木さんだけが残される。

「どうしたの。遠慮しなくていいわよ」

高木さんが俺を促す。先日の医学部生共用試験《CBT》でも採血のやり方は出題され、問題なく正解はできた。しかし実際に患者から採血するのは初めてだ。観念し、俺はゆっくりと深呼吸をしたあと、高木さんのベッド脇にしゃがみ込んだ。

（えっと……。まずは、駆血帯を巻く。そして、どの血管から採血をするか決める）

高木さんは痩せていて血管自体は見やすいが、細くて張りがない。強皮症の影響だろう、皮膚も硬めで針を弾《はじ》きそうだ。簡単には採血できなさそうだった。なんとか比較的太くて弾力に富んだ左腕の血管を選定し、俺はおっかなびっくり消毒を行う。

「少しチクッとします」

カラカラになった喉から、なんとか言葉を絞り出す。俺は凍えたようにガチガチ震える手を総身の意思で押しとどめ、ゆっくりと針を刺す。頼むスムーズに取れてくれと願うが、

「あ、あれ？　あれ？」

シリンジを引いても全然血が引けない。押しても引いても、ぴくりとも血液が来る様子はない。動揺して針先を動かす俺。しかしやはり、ダメだった。そうこうしているうちに、

「……うっ！　……」

　採血針が刺さっている部分に、じわりと血が滲んだ。皮膚の上に、十円玉くらいの大きさの血が広がる。

　途端に俺の頭は真っ白になった。息が上がる。動悸《どうき》がする。目の前がくらくらして、足元がおぼつかなくなる。耳鳴りがひどい。吐き気が込み上げてくる。俺はやっとの思いでいったん針を抜いたあと、

「……すみません。難しそうで……。他の人を呼んできます」

　謝罪し、退室しようとした。だが、

「あら。一回だけで諦めるの」

　高木さんが俺を呼び止める。

「最後までやりなさい。何度刺してもいいから」

　耳を疑った。採血なんて、誰だって回数は少なく済ませたいはずだ。いくら安全な場所を選んで刺すとはいえ、針を皮膚にブスブスやられたら痛くないわけがない。事実、高木さんの額には脂汗が浮いていた。我慢してくれていたのだろう。

「で、でも。また取れなかったら」

「その時はもう一度やればいいのよ」

高木さんは俺の目を見た。

「逃げちゃダメよ」

小さく、か細い声だった。当然である。この人は今、重病人なのだ。元気潑剌《はつらつ》な方がおかしい。

なのに高木さんの声は、不思議とはっきり聞こえた。

――君は村山大作《むらやまだいさく》からも、式崎京からも逃げなかった。

脳裏に、あの日の漆原先生の声が蘇《よみがえ》る。

俺はごくりと唾を飲んだ。ひゅうひゅうと情けない音を立てる息を無理やり落ち着かせ、手を強く握りしめる。

「ありがとうございます。次こそ成功させます。やらせてください」

「どうぞ」

高木さんは微笑《ほほえ》んだ。

再度、駆血帯を巻いて血管に狙いを定める。採血は血管の選定を終えた段階でほぼ成否が決まると言われる。それだけ「採血しやすい血管」を選ぶことは重要なのだ。

高木さんの腕をじっくりと触り、血管の感触を探し続ける。やがて、肘に程近い場所に血管が浮いているのに気付く。見た目だけでは分かりにくいが、触るとしっかりとした感触がある。

（ここしかない）

最後にもう一度、俺は深呼吸をした。崖から飛び降りるような気持ちで、俺はそっと針を進める。すると、

（――来た！）

思わず飛び上がりそうになる。針先にちろりと赤い血液が引けていた。途端に込み上げてくる嘔気。酸っぱい唾を何度も飲み込み、地震が起きようと雷が落ちようと針先だけは動かさないという絶対の意志を持って、俺は血液をシリンジへと引いていく。

時間にしてほんの数秒、しかし俺にとっては本当に長い時間を経て、採血は終了した。高木さんがにこりと笑う。

「お疲れ様。ありがとう」

「いえ。……こちらこそ、ありがとうございました」

俺は深々と頭を下げた。生まれて初めて、患者から採血をした。その事実が、抑えきれない興奮となって、俺を満たしていた。

なお、そうは言ってもやっぱり採血が終わったあとにどうしようもなく気持ち悪く

なってしまったので、俺はたっぷり数時間、トイレで吐き散らかして過ごした。今後は採血は安請け合いしないようにしよう、と固く誓った。

高木さんの病室はゆったりとした間取りの個室で、部屋の窓からは大学のキャンパスが一望できる。日中、高木さんは上体をベッドにもたれさせつつ、窓の外をよく眺めていた。

「桜が綺麗《きれい》」

高木さんはぽつりとつぶやいた。キャンパスには数多く桜の木が植えられており、この時期は学外からも花見に訪れる人が多い。

「大学はいいわね。若者が多くて」

談笑しながら歩く男女――おそらく波場都大の学生だろう――に目を向けながら、高木さんは言った。

「戸島さんは、今いくつなの」

「二十歳です」

「若いわねえ」

高木さんはじっと俺を見たあと、

「彼女はいるの？」

俺は思わず吹き出しそうになった。

「いや、今はいないですね」

「今は？」

「……いたことがないですね……」

俺の小賢《こざか》しい見栄《みえ》を一瞬で看破した高木さんは、「恋愛は若いうちにした方がいいわよ」と目を細めた。

その後も高木さんの質問は続いた。俺の女性の好みから異性交遊関係、果ては結婚相手としてどのような女性を選ぶべきか詳細なアドバイスを述べ——ちなみに高木さん的には式崎京は大変な優良物件でぜひ摑《つか》まえておくべきらしい、イマイチ理解できない——、高木さんはふうとため息をついた。

「私は旦那と二十三の時に結婚したのよ」

「そうなんですか」

「ええ。強皮症になったのは、娘が生まれてすぐだったわね」

高木さんはなんでもないことのように言った。俺はどう返事をしたら良いか分からず、曖昧に頷いた。

高木さんのカルテを思い出す。漆原先生は生活面に関しては破壊的にズボラだがカルテ記載は非常に几帳面《きちょうめん》な人で、高木さんの病歴は事細かにまとめられていた。高木さんが全身性強皮症を発症したのは、確かまだ二十代半ばの頃だったはずだ。難治性の間質性肺炎を合併しており、強力な免疫抑制療法をたびたび行っている。

「『この病気になった以上、もう妊娠は諦めてください』って言われたのよ。私は子供がたくさん欲しかったから、悲しかったわね」

俺は唇を嚙《か》んだ。しばしば聞く話だ。

全身性強皮症を含め、膠原病を罹患《りかん》する患者の妊娠に際しては入念な疾患活動性のコントロールと治療薬の選定が必要となる。一方で、膠原病の治療に使う薬は催奇形性や流産のリスクが指摘されているものも多く、人によっては治療のために妊娠を断念することもあるのが実情だ。現代でさえそうなのだから、高木さんの時代は殊更そうだったのだろう。

「夫の実家からは、『子供を産めない嫁は要らない』って言われてね」

「……それは、大変でしたね」

「そういう時代だったのよ」

たまに聞く話ではある。多少の例外はあれど、膠原病は治らない。病気の発症や介護をきっかけに決定的に家族仲が破綻した事例もあるらしい。

　きっと高木さんも、膠原病のせいで大変な苦労をしてきたのだろう。そう思ったが、

「でも、私はこの病気になって良かったこともいっぱいあるのよ」

「え……」

「私と離婚しろって親に言われた時に、うちの夫が見たこともないくらい怒ったのよ。僕は夫だ、妻を見捨てろとは何事だ——って。嬉《うれ》しかったわね」

　高木さんは懐かしむように目を細めた。

「この病気になったからこそ、会えた人たちもいる。漆原先生もそう。もちろん、あなたもね」

　この高木さんの言葉がどこまで本心からの言葉なのか、俺には分からない。けれど、少なくとも今の高木さんは随分とさっぱりした顔をしているように思えた。

「……ありがとうございます」

　とつぶやき、俺は小さく頭を下げた。

　その時、病室に気の抜けた音が響いた。高木さんが照れくさそうに頬を染める。

「私のお腹よ。ごめんなさいね」

「いえ。……やっぱり、お腹が空きますよね」

「そりゃあもう」

高木さんは頷いた。

誤嚥性肺炎の原因はあくまで「嚥下機能」の低下であり、胃や小腸の機能は保たれていることも多い。その場合、空腹感はあるが食事を呑み込めない、という状況に陥ることがある。辛《つら》いのは想像に難くない。

「ご飯が食べられるようになったら、あれが食べたいわね。杏仁豆腐《あんにんどうふ》」

「杏仁豆腐ですか」

「ええ。好きなのよ」

高木さんが小さく笑った。

「特にあそこ……横浜中華街の大命軒《たいめいけん》。あそこのは美味しいわ」

「へえ」

「彼女ができたら、ぜひ一緒に食べに行くといいわよ」

「ありがとうございます。覚えておきます」

「あの子がいいわよ。さっき言ってた女の子。京ちゃん」

「あの女は店中の杏仁豆腐を食べ尽くしかねないですね……」

苦笑いがこぼれ出た。その後も高木さんは取り留めもない話を続けていた。

なかなか嚥下訓練が進まず、長期化が懸念された高木さんの入院だが、終わりの足音は意外なところから聞こえてきた。

誤嚥性肺炎が再発したのだ。


その日、関東一帯を豪雨が襲っていた。ここ数十年で一番の低気圧が東京の空を覆い、雷の音が断続的に聞こえていた。テレビのニュースではキャスターのお姉さんが深刻そうな顔をして、

『──関東地方に大雨・暴風特別警報が出ています。古い建物や電柱が倒壊する危険があります。外出は避けてください。安全を第一に心がけてください』

キャスターのそんな言葉を裏付けるように、電車や飛行機は軒並み運休し、帰宅難民となった人々の映像がテレビに映し出されていた。

高木さんの病室の前の廊下には漆原先生と俺、高木さんの家族が集まっている。漆原先生は高木さんの家族の顔を見回して、

「今夜、亡くなる可能性が高い」

前置きもなく言った。高木さんのお孫さんが、大粒の涙を流しながらしゃくり上げ

た。

「誤嚥性肺炎が再発している。それだけじゃない。今回は胸に膿《うみ》が溜まっているのが分かった。ドレナージも始めているけど、うまくいっていない」

漆原先生はちらりとカーテンの向こう側の病室の中を見やった。高木さんの顔には酸素マスクが装着され、枯れ木のようだった手足はいよいよ痩せ細って土気色になっている。

震える声で高木さんの娘さんが切り出した。

「先生、一つご相談が」

「何？」

「亡くなる前に、母に食べ物を食べさせてあげられないでしょうか」

訥々《とつとつ》と娘さんは続けた。

「ここ最近はずっとゼリーで美味しくなかったみたいで……。普通のご飯が食べたい、としょっちゅう言っていました。終わりの瞬間が近いのなら、せめて今は、食べさせてあげられませんか」

漆原先生は目を閉じた。そして、ゆっくりと瞼《まぶた》を持ち上げ、

「かまわない。許可するよ」

高木さんの娘さんは頭を下げた。家族たちは病室の中へと戻っていく。最期の時間を少しでも長く一緒に過ごすためだろう。その背中を見送ったあと、俺は漆原先生に耳打ちした。

「いいんですか」

「ん？」

「高木さんみたいな誤嚥性肺炎の人に普通の食事を出すっていうのは、本当は禁忌なんじゃ……」

禁忌。つまり、医学的に「やってはいけないこと」という意味だ。体が衰弱していて肺炎の治療経過も悪い中、十分な嚥下力がないままに固形物を摂取しようとすると、誤嚥性肺炎の増悪のリスクがある。無理やり呑み込もうとすれば、窒息することだってあり得る。

漆原先生は首を横に振った。

「いい」

そう言って目を伏せた。

「今の高木さんにとって、家族と一緒に食事を摂る以上に大切なことなんてない」

その時、病室の中が騒がしくなった。俺は漆原先生と一緒に部屋に入った。

「どうしたの」

漆原先生が鋭く声を投げる。娘さんが遠慮がちに言った。

「母が、その……。杏仁豆腐が食べたいと」

「杏仁豆腐？」

「横浜の大命軒というお店の杏仁豆腐だと思います。母の好物だったので」

漆原先生は窓の外を見やった。相変わらずの雷雨だ。大粒の雨が、石のつぶてをぶつけたような音で窓を叩き続けている。先ほどのニュースでは電車は止まっていると言っていたし、一階の正面玄関前にはタクシー待ちの長蛇の列ができていた。

「電車は止まってるし、タクシーも乗れそうにない。買いに行くのは無理だよ」

「そう、ですよね」

娘さんは目を伏せた。

俺は高木さんに目を向けた。虚《うつ》ろな目で、じっと宙を見上げている。

――今夜、亡くなる可能性が高い。

漆原先生に診療を見学させてもらうようになって、もう半年近く経《た》つ。数は少ないが、残念ながら亡くなる人もいた。その経験が警鐘を鳴らしていた。

高木セツは、もう間もなく死ぬ。

――逃げちゃダメよ。

去りし日の高木さんの言葉を思い出す。俺はごくりと唾を飲んだ。漆原先生や高木さんの家族を尻目に、俺はそっと病室を出た。

＊＊＊

夜のナースステーションで、漆原は深い息をついた。

「……今晩だろうな」

ぼそりと独りごちる。ここ数日、膿胸《のうきょう》の経過が思わしくなかった時点で覚悟はしていたが、この数時間で急激に高木セツのバイタル・サインは悪化していた。先ほどからジリジリと酸素の数字が下がり始めている。じき、血圧も落ち始めるだろう。

高木セツの家族は泊まり込みで見守るつもりらしい。あれほど家族に慕われる人も珍しい。それだけ良い生き方をしてきたのだろうと思う。

漆原は目をつむった。看護師から連絡があるまで、しばらく仮眠を取ろうと思った。どれほどうとうとしていただろうか。ふと気付くと、看護師が漆原の肩を揺すっていた。見覚えのある顔だ。

「……内田」

「こんばんは、漆原先生」

「君は病棟勤務じゃないでしょ。何してるの」

「人手が足りないからヘルプで夜勤入ってるんです。それより、何かあったんですか」

内田はちらりと病棟の窓に覗く宵闇に目をやった。

「さっき、戸島君とすれ違いましたよ」

「戸島と？」

「はい。なんだか、思い詰めた顔して……。何かあったんですか」

内田は形の良い眉をひそめた。一方、漆原の脳内にはある想像がもたげた。

（もしかして）

漆原はスマホを取り出し、戸島に電話をかけた。だが呼び出し音は響くものの、通話は繋《つな》がらない。

次に漆原は現在の交通状況を確認した。相変わらず電車は止まっているようだ。窓の外を覗いて病院の正面玄関前を見てみると、タクシーを待つ人々がまだ長蛇の列を作っている。

高木セツは横浜中華街の店で売っている杏仁豆腐を食べたがっているようだ。だがこの状況では電車やタクシーは使い物にならず、横浜に行く手段がない。

しかし、絶対に無理というわけではない。

漆原は窓の外に広がる景色を見やった。雨足はいよいよ強くなり、吹《ふ》き荒《すさ》ぶ風が窓ガラスを殴る音が絶え間なく聞こえている。

(……あいつ、まさか)

あまりに無茶な話だと思うが、

(……戸島ならやりかねないな……)

信じられない、と漆原は額を押さえた。

(横浜だよ？　正気か？)

もう一度窓の外を見る。稲光が、一瞬病棟の中を眩《まばゆ》く照らした。土砂降りの雨の音を聴きながら、漆原は深々とため息をついた。

＊＊＊

調べたところ、波場都大学医学部附属病院から横浜中華街まで、自転車で三時間程度の距離だった。いける、と思った。

寮に駆け戻り、廊下に置かれたロードバイクに足をかける。先日、京が購入したものだ。デザインの可愛さ、性能の良さについて小一時間自慢していた。

すまん京、後で絶対謝るから、なんなら今度高級フルーツパーラー奢《おご》ってやるから——と心の中で頭を下げつつ、俺は猛然とロードバイクを漕《こ》ぎ出《だ》した。

大粒の雨が顔をビシャビシャ叩いて痛いくらいだった。雨水と汗でぐっしょり濡《ぬ》れた服が体に張り付いている。プールに服ごと飛び込んだのかと言われそうなほど、すぐに濡《ぬ》れ鼠《ねずみ》になった。風が強すぎて禿《は》げるのではないかと心配になる。

どうせ誰に会うわけでもない、知ったことか。

早速悲鳴を上げ始めた大腿四頭筋《だいたいしとうきん》に喝を入れ、俺はがむしゃらにペダルを漕ぎ続ける。

「ハア……ハア……ッ、ウオオオオ！」

高木さんが食べたがっている杏仁豆腐の店は幸い夜の十時まで営業している。今から全力で走れば、まだ間に合うはずだ。

（普通に走れば三時間くらい……なら、思いっきり急いで三十分短縮、豪雨で道が空いてるからさらに三十分短縮！　二時間で行ける！）

そんな雑極まりない丼勘定のもと、俺は自転車を走らせる。

雷雨のせいか、国道一号線はガラガラだった。時々対向車とすれ違うと、運転席の人がギョッとしたような顔で俺を見るのが分かる。こんな荒天の夜にずぶ濡れでロードバイクで爆走する男は不審者以外の何者でもない、驚くのも無理はないだろう。車道のど真ん中、降りしきる雨を切り裂いて、俺は疾走する。

アホなことをやっている自覚はある。患者のためにわざわざ杏仁豆腐を買いに横浜まで行くなんて聞いたこともないし、ましてや電車が止まっているからといって豪雨の中自転車に乗っていくなんて暴挙もいいところだ。着く頃には太ももが破裂しそうになっていることだろう。

第一、どれだけ頑張って往復したところで、病院に戻るのは深夜になるだろう。それまで高木さんが保《も》つ保証はない。必死こいて杏仁豆腐をテイクアウトしたところで、その前に高木さんが亡くなってしまえばまさしく骨折り損でしかない。

（……早まった気がしてきた……）

吹き荒ぶ風雨もあってか、早速弱気の虫が頭をよぎる。今からでも病院に引き返そうかな、なんてことを考える。

だが、怯《ひる》む心とは裏腹に、俺の足には際限なく力が宿る。一向にペダルを踏む力が弱まる気配はない。

「ッ……！」

歯を食いしばる。余計なことは考えるな。今はただ、足を動かせ。

雨はますます強くなっていた。街灯の明かりを標《しるべ》に、俺は走り続けた。


「戸島君⁉　どうしたの⁉」

病棟に帰ってきた俺を見て、内田さんは目を丸くした。

俺は全身ずぶ濡れだった。枯れ葉やゴミが服のあちこちに付着し、めちゃくちゃに乱れた頭髪は前衛芸術の様相すら呈している。

どう事情を説明したものかしばし思案する俺。だが突然視界が暗くなった。何か柔らかいものを投げつけられたのだ。

「ほら」

漆原先生の声。投げられたのはタオルだった。顔を上げると、漆原先生が額を押さえているのが見えた。

「本当に行ってきたの」

「ええ。案外近かったですよ」

俺は手に提げていたビニール袋から、得意げに買ってきた杏仁豆腐を取り出した。厳重に包んでもらった甲斐《かい》があり、この嵐の中、横浜から自転車で運んできたのにしっかり綺麗な状態を保っている。

漆原先生は肩をすくめた。

「君は頭が悪いね」

「前にも言われましたね、それ」

俺はタオルで顔を拭いたあと、高木さんの病室へと目をやった。高木さんは相変わらず物言わず横になっているが、モニターに示された心拍はまだ残されている。よく注視すると、わずかに胸が上下しているのが分かった。

(良かった。間に合った――)

病室の中には家族もいる。皆、椅子に座ってじっと高木さんの様子を見守っていた。

俺は手元の杏仁豆腐と病室との間で視線を往復させた。

「渡してきな」

漆原先生は顎をしゃくった。俺は頷き、ゆっくりと病室の中へ歩を進めた。

「あの……」

俺に視線が集まる。俺はおずおずと杏仁豆腐を差し出した。

「買ってきました。大命軒のやつです」

高木さんの娘さんが目を丸くした。

「どうやって……？　電車止まってますよね」

「自転車で行ってきました。えへへ」

俺はぽりぽりと頭をかいた。娘さんは驚愕《きょうがく》したように息を呑み、

「……ありがとうございます」

そっと杏仁豆腐の箱を受け取って、深々と頭を下げた。

娘さんは高木さんに歩み寄った。耳元に顔を寄せ、

「お母さん」

娘さんが高木さんの肩を揺する。高木さんの口が、応じるようにわずかに動いた。

まだ意識はあるようだ。

「杏仁豆腐、買ってきてもらったよ。食べる？」

しばらくの間、高木さんはぴくりとも反応しなかった。やがて、ゆっくりと時間をかけて、頭を小さく縦に振った。

酸素マスクを一時的に顎の下へとずらす。酸素の数字が少し下がったが、この際容認する。

スプーンにすくわれた杏仁豆腐は、蛍光灯の光を受けてきらきらと光った。お孫さんがそっとスプーンを高木さんの口元へ持っていく。

お孫さんの手はガタガタと震えていた。彼女は掠《かす》れた声で、

「おばあちゃん」

と高木さんを呼んだ。

スプーンをそっと口元に添える。高木さんの唇がわずかに動いた。一欠片《ひとかけら》、杏仁豆腐が口腔《こうこう》内《ない》へと消えていく。

高木さんは口をもぞもぞと動かしたあと、長い長い時間をかけて杏仁豆腐を呑み込んだ。

「ああ……」

高木さんの吐息が、不思議と耳に残った。

いつの間にか、雨の音は弱まっていた。静かな病室で、時々家族に呼びかけられながら、高木さんは杏仁豆腐を楽しんだ。

おそらく、これが高木さんの最後の食事だろう。漠然とそう思った。

(美味しいですか、高木さん――)

高木さんとその家族を、俺は黙って見守り続けた。

やがて、その瞬間はやってきた。

心臓の脈を表す心電図モニターの波形が、少しずつ小さくなっていく。酸素の値が落ち、胸の動きがなくなっていく。

高木さんの家族が、何度も呼びかける。

「お母さん」

「おばあちゃん」

返事はない。それでも声は繰り返される。声に涙が混じる。

高木さんは目を閉じている。その表情は穏やかで、苦しんでいるようには見えない。まるで自分の人生を振り返って懐かしむかのように、高木セツは薄く、しかし確かに笑っている。

「――――」

最期に、ゆっくりと大きく息を吐いて。

それっきり、高木さんは二度と体を動かさなかった。

高木セツは、亡くなった。

シャワーを浴びて着替えたあと、遺体への献花をして、俺は漆原先生と病棟に戻ってきた。漆原先生は病棟の冷蔵庫に溜め込んであった缶コーヒーを一気飲みしたあと、大きな大きな欠伸《あくび》をした。

「そういえばさ」

思い出したように言う漆原先生。

「看護師から聞いたけど、君、高木さんで採血の練習してただろう」

俺の背筋がヒヤリと冷たくなった。バレていたのか。

お前のような血嫌い医学生が患者を採血の練習台にするなんてもってのほか。そんなふうに怒られるかもしれないと縮こまった俺だが、続く漆原先生の言葉は意外なものだった。

「昔、私もやらせてもらったよ」

「え……」

俺は目をぱちくりさせた。

「専攻医の頃、初めて持った患者だって言ったでしょ。私も採血をさせてもらった」

「へえ」

俺はなんだか不思議な気持ちになった。もちろん漆原先生だって人間だから、医学生だった時代もあれば研修医だった頃もあるはずだ。だが今の漆原先生の堂々とした、あるいは図々《ずうずう》しい振る舞いの数々を見ていると、漆原先生の若手時代というのはなんだか想像もできない。

「昔は、私も採血は苦手だった」

漆原先生は独りごちた。俺は心の中でつぶやく。

（……漆原先生にも、そういう時期があったのか）

漆原先生は、いったいどんな新米医師だったのだろうか。思いを馳《は》せていると、

「何してるの。外来が始まる、急いで」

「あ、はい！　すみません」

いつの間にか廊下の先を漆原先生が歩いていた。俺は慌てて後を追った。

後日。高木さんの家族が、病棟へ訪ねてきた。

「本当にお世話になりました」

娘さんとお孫さんは、そう言って深々と頭を下げた。

「母は時々、漆原先生の話をしていました。とても良い先生だと……。話通りの方で

した」

「それはどうも」

漆原先生はモサモサと髪をかきながら、小さく頭を下げた。

娘さんは、ちらりと俺に目を向けた。

「あなたは、母の担当をしてくれた医学生の方ですか」

「あ、はい。そうです」

俺は背筋を伸ばした。二人は、俺にも深々と頭を下げた。

「ありがとうございました。母も担当してもらって嬉しかったと思います」

「あ、いえ。そんな。俺は、何も」

照れ臭くて、俺は手を振って頰をかいた。娘さんは首を小さく傾げて、

「医学生さんなんですよね。ということは、将来はお医者様に？」

俺は目を瞬かせた。以前、高木さんにも同じような質問をされたことを思い出す。

——学生さんということは、いずれはお医者様に？

——そうです。その予定です。

あの返事がどうしていけなかったのか、今なら分かる気がした。

俺や漆原先生にとって、高木さんは数多くいる患者の一人にすぎない。毎日外来に

は何十人という患者がやってくる。

だが一方で、患者にとって、担当医はたった一人だけだ。

だから——俺は大きく息を吸い込む。

虚勢でもいい。胸を張れ。前を向け。

「はい。絶対になります」

娘さんは目を細めた。高木さんによく似た笑顔で、

「頑張ってください」

俺は力強く頷いた。


余談だが。

高木さんの家族との再会のあと、医者になるという決意も新たに寮へと帰った俺を待ち構えていたのは、悪鬼のような顔で仁王立ちした我が幼馴染たる式崎京の姿だった。

「オイ光一郎」

「は、はい」

「……私の自転車、誰かが無断で使った形跡があるんだけど。泥まみれのぐちゃぐち

やになってるんだけど。……何か知らない？」

「み、京。落ち着け。深呼吸を――」

「あんたが私の自転車に乗ってるのを見たって、遠藤《えんどう》が言ってたんだけど」

万事休す。俺は天を仰いだ。

怒り狂った式崎京に贖罪《しょくざい》として俺が高級フルーツパーラースイーツ食べ放題（一人一万二千円）を奢る羽目になったのは、また別の話である。

第二章　新人看護師・幹元華の秘密

その日の当直実習は大荒れだった。いつものように漆原先生について病院に泊まり込んだ俺だったが、

「大動脈解離《だいどうみゃくかいり》！　心外《しんげ》コール！　緊急手術！」

「心筋梗塞《しんきんこうそく》！　緊カテ！」

「敗血症性《はいけつしょうせい》ショック！　緊急入院！」

立て続けに搬送されてくる患者に翻弄され、最後の方は漆原先生の邪魔にならないようにするだけで精一杯だった。

入院治療はチームで行う。医者は治療方針を立てたらそれでおしまいというわけではなく、看護師や検査技師と連携を取りながら患者の退院を目指していくことになる。しかし、実はこの「他職種連携」というのが、なかなかの曲者《くせもの》だったりもする。

当直実習明け。一刻も早く帰って眠りたいところだったが、俺は漆原先生と一緒に

アレルギー・膠原病内科のカンファレンス室へと赴いていた。部屋の中には俺と漆原先生の他に、

「漆原先生。もうちょーっと、入院患者数減らせませんか」

不機嫌そうな顔をした看護師長と、看護師十名余りが集まっている。俺と漆原先生を取り囲むように看護師たちが椅子に座っており、さながら裁判を受ける刑事事件の被告人のような気分だった。

看護師長——中川蓉子《なかがわようこ》が言う。

「患者さんのためだってのは分かりますよ？ でもうちの病棟は人手もベッドもカツカツなんですって、いつも言ってますよね？」

中川さんは半ギレ、いや五分の四ギレくらいの顔をしている。眉間に縦皺が刻まれ、低く抑えた声は今にも怒鳴り出しそうになるのを堪《こら》えているかのようだった。

（怖い……）

俺の背中を、冷や汗がダラダラ伝う。

中川さんは大学時代、陸上の全国大会で記録を残した猛者と聞く。未《いま》だ毎朝のトレーニングを欠かしていないという噂《うわさ》の体軀《たいく》はナース服の上からでも分かるほど筋骨隆々としており、下手な男性よりもよっぽどパワーがありそうだった。きっと俺なん

て一撃で吹っ飛ばせるだろう。

そんな中川さんに漆原先生は、

「こっちが遠慮したところで、病人が来るんだから仕方がないでしょ。文句があるなら患者に言って」

ぽりぽり頭をかきながら椅子にもたれかかった。中川さんの圧を受けてなお涼しい顔をしていられる胆力は羨ましくもあるが、さておき横で見ている身としてはハラハラして気が気ではない。

「話終わり？　それなら私は帰るよ。当直明けなんだ」

漆原先生は吸い込まれそうなほどの大欠伸をしながら席を立った。慌てて漆原先生の後ろについて歩く俺。部屋を出る際にちらりと後ろを見やると、憤懣《ふんまん》やるかたないという顔で貧乏揺すりをする中川さんの姿が見えた。

数日後。病棟で漆原先生とカルテを見ていると、一人の看護師さんが話しかけてきた。

「最近師長さんカリカリしてるんですよー。申し送りの度に怒られて大変なんですー」

幹元華《みきもとはな》さんという看護師だ。つけまつ毛がしっかりと置かれた目、厚めの唇には薄桃色のリップが引かれ、鼻が高くて彫りの深い顔立ちをしている。明るい髪は耳元でくりんとカールをしている。おまけによく見るとカラコンまでしていた。

(仕事中にカラコンしてていいのか？)

中川さんのことだ、スタッフの身だしなみにも厳しそうだが。

幹元さんは一言で言うとギャルっぽい人だ。今年の春からこの病院に採用された新人看護師で、俺や漆原先生ともしばしば話すことがある。

幹元さんは椅子を引き寄せて座り、テーブルに頰杖《ほおづえ》をついて嘆息した。漆原先生は、

「……君、仕事は？」

「山積みなんですぅ」

その割に仕事を始める様子はない。幹元さんは溶けたスライムのようにテーブルに突っ伏し、俺へ水を向けた。

「戸島くーん。私の代わりに看護計画書いてくれない？」

「俺は医学生なので看護計画は書けないですよ……」

「大丈夫だよ。全部『患者の心と体に気をつけたケアを心がける』って書いておけばいいから」

（いや、それはどうなんだ）

幹元さんは胸ポケットから手帳を取り出し、パラパラとめくった。中にはメモがびっしりと書かれている。

「毎日毎日新しい患者が来て、その度に調べ物が増えて。家に帰れないし、たまに帰っても休まらないです」

メモ帳を眺めながらぶすりと唇を尖《とが》らせる幹元さん。人差し指でテーブルの上に「の」の字を書きながら、

「だいたい、うちの病棟が人手足りなさすぎなんですよ。膠原病患者なんて感染症に罹《かか》りやすい上に合併症のオンパレードなんだから、他の科の患者さんより看護大変に決まってるじゃないですか？」

漆原先生は幹元さんの文字びっしりのメモ帳を見やったあと、肩をすくめた。

「この病院が看護師不足なのは昔からだよ」

「だって病院見学では『アットホームでホワイトな職場です！　優しい先輩が何度でも指導します！』って言ってたんですよー」

「そんなの嘘《うそ》に決まってるでしょ」

漆原先生が呆れた風に首を振る。幹元さんは言った。

「実情は逆でしたよ。先輩には激詰めされるしサービス残業多いし……。騙《だま》されたァ」

「御愁傷様」

漆原先生はすげなく言って、処方カレンダーをぽちぽちと入力し始めた。幹元さんはのっそりと立ち上がり、

「そろそろ患者さんの検査出し行かないと。はー……」

深々とため息をつく。そのまま立ち去るかと思われたが、

「あ、そうだ」

くるりとこちらに振り返る。

「先生、今度病棟の懇親会があるって聞いてます？」

「懇親会？」

漆原先生が眉根を寄せる。幹元さんはカレンダーを指差し、

「来週、ここの病棟スタッフみんなで懇親会やるんですよ。漆原先生も――」

「嫌だ」

「早ッ」

幹元さんが喋り終わるより早く、漆原先生は断りの返事を入れていた。実に嫌そう

に口をへの字にした漆原先生は、

「私、飲み会嫌いだから」

（まあ、いかにも嫌いそうだなあ……）

漆原先生は人付き合いが悪いし、食事にもこだわりが強い（と言うより、コーヒーとジャンクフードしか口にしない）。飲み会には最も相性の悪い人間と言えよう。

「そもそも、飲酒っていう文化が不健全なんだ。アルコールは肝障害や膵炎《すいえん》の原因になるし、依存症や睡眠障害といった精神症状を伴うこともある。長期的には脳を萎縮させるし、認知症のリスクファクターだ。どう考えても毒で、飲めば飲むだけ健康を害する。一人で少量を楽しむならまだしも、大人数でガブガブ飲んで喜んでいる人間の気が知れない」

普段コーヒーとジャンクフード以外は口にしない破綻し切った食生活を送っている漆原先生が健康的な食生活を説く資格はないのではないかと俺は心中思ったが、口に出すとややこしくなりそうなので黙っておいた。

「飲み会はやりたい人だけで勝手にやって。私は行かない」

つっけんどんに言う漆原先生。幹元さんは、

「んー。師長さんは漆原先生にもすごく来て欲しそうですよ。他職種連携のためには

常日頃から仲良くしておくのが大事、とか言って」

「私は別に仲良くしたくない」

だが幹元さんは頬に手を当て、

「でもぉ。漆原先生が飲み会にも来ないようなら、もう漆原先生からの緊急入院は一切うちの病棟では取らないって、師長さんが」

「――は？」

漆原先生が呆気《あっけ》に取られたような声を出す。幹元さんは「できれば来てくださいねえ」とほんわかした口調で言った。呆然《ぼうぜん》として幹元さんの背中を見つめる漆原先生を見て、

「珍しく漆原先生が一本取られたな」

と思った。


大学の授業が終わったあと、俺は波場都大学病院から程近いフレンチレストランへと向かった。普段学部の連中と行くよりもちょっとお高い価格帯の店で、食べログのメニュー表は小難しいフランス語で説明が書かれていた。

（Terrine de poisson blanc et légumes……白身魚と野菜のテリーヌか）

スマホでメニューを眺めつつ歩いていると、

「戸島くーん。こっちこっち」

店の入り口で手を振る幹元さんの姿が目に入った。勤務中には上げている髪を下ろし、デニムのジャケットを羽織っている。俺はぺこりと頭を下げた。

「遅くなってすみません」

「授業だったんでしょ？　仕方ないよ。来てくれてありがとねえ」

幹元さんに案内され、店内へと入る螺《ら》旋《せん》階段を下りていると、

「おっ……とと」

幹元さんが前のめりになって階段を踏み外しそうになる。俺は慌てて手で支え、

「大丈夫ですか」

「へーきへーき。ありがと」

幹元さんは気の抜けたような笑みを浮かべた。その顔は若干赤みが差しており、俺は呆れて首を振った。

「もう飲んでるんですか」

「ちょっとだけだよ。ビールとワインと、あとハイボール」

（ちょっと……？）

幹元さんの靴はかなりの厚底ヒールであり、足元は心許《こころもと》ない。幹元さんが転ばないよう気を遣いながら、俺はゆっくりと階段を下りる。

「いたた。膝痛いなー……」

先ほどひねってしまったのか、幹元さんは右足をかばって歩いている。大丈夫だろうかと思いつつ、俺は歩を進める。

ほどなく店の入り口の扉が見えた。もう開始時刻を過ぎていることもあり、すでに大半の席が埋まり、酒を飲み始めている。俺は幹元さんの向かいに座った。

「漆原先生は？」

「まだ来てないよ」

幹元さんは顔色一つ変えず、赤ワインを水のように一気に飲み干した。

「楽しみだねえ。私、漆原先生好きなんだよねえ」

幹元さんは空になったグラスを置いた。

「まず、私服が気になるよね」

「普段はいっつも同じスクラブですからね」

以前漆原先生に、「他のデザインの服は着ないんですか」と聞いたところ、「服を考えるのが面倒臭い」との返事であった。しかし、いくらなんでも病院の外でまでスクラブに白衣姿ではただの不審者だ。仕事がない日は別の格好をしているのだろう。

「案外、すごいオシャレだったりして」

「いやあ、どうでしょう……。あんまりデザインにはこだわらないんじゃないですか。機能性重視というか」

頬杖を突き、幹元さんはおつまみのモッツァレラチーズをもちゃもちゃと食べた。

「医者一筋って感じ。普段どんな生活してるんだろ」

それは俺もかねがね気になっていた。漆原先生と顔を合わせるようになってそれなりの時間が経つが、俺は仕事中の漆原先生しか知らない。オフの日は何をして過ごしているのか、未だに謎なのだ。

(そもそも、趣味とかあるのか？　あの人)

そんなことを考えていると、ふっと場のざわめきが途切れていることに気付いた。先ほどまで酒を飲んで騒いでいたのに、なぜか皆黙りこくっていた。その視線は入り口の階段へと向けられている。

「これ、私はどこに座ればいいの」

漆原先生の声である。ようやくの登場らしい。俺は漆原先生に声をかけようとして、

「…………！」

思わず絶句し、あんぐりと口を開けた。隣の席で幹元さんがつぶやく。

「――ジャージ……」

漆原先生は何食わぬ顔でトレンチコートを店員さんに預けている。コートの下は上下とも燕脂《えんじ》色《いろ》のジャージ姿だった。相当に着古しているのだろう、袖口はほつれているし、色が褪《あ》せて腐った小豆のような色合いになっていた。背中と胸元にはとある都内女子校の校章が刺《し》繡《しゅう》されている。

（もしかして、高校生の頃からずっとこれを……？）

漆原先生自身は物憂げな瞳に色白な肌と、整った顔立ちをしている。だが服装は野暮ったいジャージ姿であり、あまりのギャップはいっそ凄《すご》みを感じさせた。

ジャージ女、もとい漆原先生は「お。ここ空いてるね」と俺の斜め前の席に腰掛けた。漆原先生の私服に衝撃は覚めやらないものの、俺はなんとか気を取り直してメニューを見せる。

「何にしますか？　先生」

「ああいや、私はいい」

漆原先生は手を振り、おもむろに鞄《かばん》の中をゴソゴソと漁った。取り出したのは数個のカップラーメン、そして魔法瓶の水筒である。

（おい、まさか）

　俺は戦慄した。漆原先生は平然とした口ぶりで言った。

「こういう店のご飯は仰々し過ぎてお腹が痛くなる。私はこれでいい」

　魔法瓶に入ったお湯をいそいそとカップラーメンに注ぐ漆原先生を見て、

（……この人、やっぱり相当変だなあ……）

　これまで何度となく抱いた感想を、改めて俺は嚙み締めた。


　宴《えん》もたけなわ、皆がいい感じに酔っ払ってきて賑《にぎ》やかになってきた頃、幹元さんは本日六杯目のワインを飲み干して言った。

「私、仕事向いてないいんですよお」

「ふーん」

　漆原先生は気のない返事をした。幹元さんは「もうちょっと興味持ってくださいよお」と漆原先生にしなだれかかる。どう見ても酔っ払いであった。漆原先生は露骨に面倒臭そうな顔をした。

「波場都大は三つ目の職場なんです。他の病院をクビになっちゃって」

「何やらかしたの？」

「どーしても、仕事に行けなくなっちゃったんです」

　幹元さんはフォークの先でハムをつつきながら、

「昔からそうなんですよ。月に一回くらい、微熱が出て体がだるくて、どうしても動きたくなくなっちゃって……。それで急に休んで、上司に怒られて、クビになって、って感じです」

　漆原先生は麺をすすり上げた。

「それ、医者にはなんて言われてるの」

「心が弱いんじゃない？　って言われてますねえ」

　あっけらかんと幹元さんは言った。

「昔、いろいろ調べたんですよ。採血して何もなくて、内視鏡して造影ＣＴまで撮って……。特に何も引っかかりませんでした、チョー健康みたいです」

　幹元さんはハムを頬張った。

「ストレスで熱が出ることもあるんですねえ。うちの家系、ストレスに弱いんですよ。でもこの仕事、どうしたってストレス溜まるじゃないですか？」

　俺は頷いた。幹元さんは深々とため息をついたあと、

「今度こそ頑張りたいんです。私、看護師になるのがずっと目標だったし」

神妙な顔でつぶやき、へらっと幹元さんは破顔した。

「まあ、それならちゃんと仕事に行けって話なんですけどね」

漆原先生はカップラーメンのスープを飲みながら言った。

「看護師の仕事を頑張りたいなら、ひとまず今日入院になった人たちの処方確認しておいて。内視鏡の予定がある人はいくつか薬変えてる」

「嫌なこと思い出させないでくださいよ」

幹元さんはげんなりとした様子で首を振った。


しばらくして飲み会はお開きとなった。看護師さんたちや医者たちが三々五々帰っていく。俺は隣の漆原先生に言った。

「いやあ、楽しかったですね」

「私は疲れた。人が多いところは五月蠅《うるさ》い」

漆原先生は肩をすくめた。

俺が住む学生寮と漆原先生の家――春日駅《かすがえき》のあたりらしい――は距離が近いので、帰り道は一緒の方向である。静かな夜道を、漆原先生と並んで歩く。

「それにしても」、と俺は言った。

「幹元さんも大変ですね。心因性に発熱する人がいるって時々聞きますけど……。やっぱり、看護師って仕事はストレス溜まるんですかね」

漆原先生はしばらく黙り込んだ。そののちぼそりと、

「――本当に心因性なのかな、あれは」

「え？」

「なんでもない」

漆原先生は横断歩道で足を止めた。

「私はこっちだから。それじゃ」

「あ、はい。お疲れ様です」

俺は頭を下げる。ジャージ姿の漆原先生は横断歩道をわたり、夜の闇に消えていった。

寮への道を歩く。頭の中には先ほどの漆原先生の言葉がこびりついていた。

――本当に心因性なのかな、あれは。

（どういうことだろう？）

幹元さんの話を思い出す。採血、内視鏡、造影ＣＴまでやったと言っていた。相当に厳密な検査と言っていいだろう。そこで何も引っかからなかったのであれば、少な

くとも癌《がん》や感染症の可能性は低く見積もっていいはずである。

漆原先生は何を気にしているんだろう。首をひねりながら、俺は帰路を歩いた。


翌日。

いつものように病棟に向かうと、何やら看護師さんたちが慌ただしく行き交っているのが目に入った。どうしたんだろうと訝っていると、

「あ、戸島君。ちょうどよかった。今日患者さんの検査出しや買い物付き合ってあげる時間ある？」

「大丈夫ですよ。……どうしましたか？　なんだかすごいバタバタしてますけど」

「いやー、それがさー。幹元さんから急に休むって連絡あって。あの子今日担当患者多かったから、もう大変」

「え……」

思わず声が漏れる。幹元さんの急な体調不良。何かあったのだろうか。

もちろん人間だから風邪も引くだろう、突然体調が悪くなることもある。別に珍しい話ではない。そう考えようとしたが、

——月に一回くらい、微熱が出て体がだるくて、どうしても動きたくなくなっちゃ

って……。

幹元さんの話を思い出す。引っかかりを覚えつつも、

（……気にしすぎだ。幹元さんだって言ってたじゃないか。今度こそ頑張りたいって）

俺は意識を切り替え、漆原先生のコーヒーが切れていないか確認するべく、病棟備え付けの冷蔵庫へと向かった。

だが、俺の期待とは裏腹に。

その後、幹元華は数日経っても病棟に顔を見せなかった。

「幹元さん、辞めちゃうかもねえ」

漆原先生と一緒に電子カルテの前で作業をしていると、看護師さんたちが話している声が聞こえてきた。

「もう休み出して四日目でしょ？」

「もともとサボり癖あったみたいだしね」

嘆息する看護師さんたち。

「またシフトがキツくなるなあ。あーあ……」

そんな言葉を残して、看護師さんたちは食事を配膳しに散っていった。

（………幹元さん）

結局、今日まで姿を見せなかった。俺は漆原先生に話しかける。

「大丈夫ですかね」

「何が？」

「幹元さんのことです」

漆原先生はしばらくの間、何も言わずにカルテを打ち込んでいた。ややあって、

「たまにこういうことはあるよ。勇んで働き出したはいいものの、理想の働き方と現場の実情の違いを受け止めきれなくて、そのまま辞めてしまう人は、必ず出てくる」

俺は頷いた。漆原先生は目を細め、

「ただ、幹元の場合は引っかかる部分があるのも確かだ」

漆原先生は椅子の背もたれに背を預け、口元に手を添えた。

「んー。幹元の家族にも確認したいところだけど……」

俺は思いついたことを口にした。

「あの。幹元さんの家族に連絡取るの、ちょっと大変かもしれないですよ」

「なんで君がそんなこと知ってるの」

胡乱《うろん》げな顔をする漆原先生。だが俺が話すにつれ、

「——それ、本当？」

目を丸くした。

「だったら、事情は変わってくるね」

漆原先生は立ち上がった。ナースステーションの本棚を引っくり返し、スタッフの名簿と連絡先がまとめられたバインダーを取り出す。

「幹元、幹元。……お、あった」

漆原先生はスマホを取り出し、電話番号を入力した。俺は耳をそばだてる。

『……もしもおし』

気の抜けた声が聞こえる。幹元さんだ。

「漆原だけど」

『先生？』

幹元さんがびっくりした声を上げる。だがすぐに申し訳なさそうに、

『すみません。長く休んじゃって……。どうしても体調悪くて』

自虐するように幹元さんは言った。

『私、ダメですね。今度こそ頑張ろうって思ったのに、やっぱりメンタル弱ってたみたいです。どうしても動けなくなっちゃって』

「それ、メンタルのせいじゃないよ」

漆原先生が言い放った。俺は目を剝いて漆原先生の顔を見る。

「幹元。今から病院来られる？　私の外来、枠は空けておく」

『え、ええ……!?　まあ、頑張れば行けると思いますけど……。何するんですか？』

「決まってるでしょ」

漆原先生は淡々とした口ぶりで言った。

「君の病気が分かった」


診察室にやってきた幹元さんは、先日の飲み会からは打って変わって具合が悪そうだった。痛むのだろうか、右足をかばうようにして歩いている。顔はやたらと赤く、胸を押さえて浅い呼吸を繰り返していた。俺の頭に疑問がもたげた。

（漆原先生の言う通りだ。……心因性でこんな症状が出るのか？）

心と体は密接に結びついている。精神的不調は時に慢性的な疼痛《とうつう》、発熱をもたらすこともある。だが、幹元さんの場合は症状が強過ぎるのではないか。

「体温は38・3℃。高いな」

漆原先生が言う。採血結果を眺めながら漆原先生は、

「CRP4・3。予想通り、炎症反応は上がってるね」

「え。でも、これまで採血は問題ないって……」

幹元さんが訝しげな声を出す。漆原先生は言った。

「この病気は間歇期《かんけつき》には炎症は陰性化する。発作時に検査をしないと意味がない」

「病気って……。私、病気なんですか？　メンタルの問題じゃないんですか？」

漆原先生は首を横に振った。

「心の不調が身体症状をきたすこと自体はあり得る。ただ君の場合は非典型的だ。例えば――」

漆原先生はぬっと手を伸ばし、幹元さんのスカートを膝までまくり上げた。なんだなんだと驚く俺の前で、

「精神的不調で、関節炎にはならない」

幹元さんの右膝を、親指でぐっと強く押した。幹元さんが悲鳴を上げて飛び上がる。

「君、診察室に右膝をかばいながら入ってきたろ。触診、視診の上でも関節炎は明らかだ。周期的な発熱と関節炎、胸痛……。これらはある疾患によく見られる所見だ」

「ある、疾患？」

幹元さんが尋ねる。漆原先生は頷き、

「家族性地中海熱《かぞくせいちちゅうかいねつ》。——歴《れっき》とした、自己炎症性疾患だよ」


「家族性……地中海、熱？」

聞き慣れない病名だ。俺は首を傾げる。幹元さんも同様のようで、訝しげな顔をしていた。漆原先生は、

「自然免疫に関わる遺伝子に変異が入り、その結果炎症をきたす。症状は発熱、胸痛、関節痛をきたすことが多い」

幹元さんはおずおずと言った。

「でも、これまでの検査では何も……」

「この家族性地中海熱の特徴は、症状が周期的に出現し、短期間で消退することにある。一週間前までは熱と痛みに悶《もだ》えていても、翌週にはケロリとしているわけだ。そのため、辛い症状がやっと取れたから受診しようと思った頃には、異常は見つからなくなっている——という状態になり得る」

幹元さんが目を丸くする。確かに漆原先生の話を聞いていると、幹元さんの症状は

家族性地中海熱の病像と合致するように思う。

だが疑問点もある。そもそも発熱、胸痛、関節痛というのはウイルス感染症や、部の悪性腫瘍でも見られる所見で、必ずしも家族性地中海熱だけに特徴的というわけではないだろう。周期的な発熱という点は疑うのに十分な症状であるとは思うが、

「そもそも、家族性地中海熱って相当珍しいですよね。そんなにホイホイ患者がいるものなんですか？」

「いや、超希少疾患だよ。日本全体で千人もいないと言われてる」

「……そんな病気が、そう簡単に身近で見つかりますかね？」

俺の疑問に対し、漆原先生は片眉を上げて、

「今言っただろう。家族性地中海熱は超希少疾患だ。ただし、日本において、」

漆原先生は鼻を鳴らし、

「君、勉強が足りないね」

と挑発するように言い放った。どういうことだと俺は考え込み、横目で幹元さんの顔をチラリと見て、

「──あ」

唐突に、漆原先生の意味するところを理解した。漆原先生は幹元さんに向かって言

った。

「幹元。君、外国の血が入ってるでしょう。ヨーロッパ——おそらく、イタリアの」

幹元さんは驚愕して目を剝いた。

「え!? な、なんで分かったんですか!?」

漆原先生はすっと指を伸ばした。

「一つ。——君、カラコンしてるよね。おそらく、瞳の色を隠すために」

幹元さんの瞳には黒のカラーコンタクトレンズが付けられている。控えめな大きさのもので、よくよく見ないとカラコンだとは気付けないだろう。

「あの頑固でうるさくて狭量で医者への注文が多い面倒極まる看護師長が、看護師がカラコンを付けて仕事をすることを良しとするとは思えない」

(今、微妙に漆原先生の看護師長への怨念が漏れ出ていた気がする)

「それなのに、君のカラコンを師長は問題にしている風もない。さらに、君が以前夜勤の時、カラコンに加えてメガネもかけているところを私は見ている。必ずしもファッションや視力矯正目的ではないということだ。じゃあ何か? 瞳の色を隠したいから。違うか」

幹元さんは膝に視線を落としたあと、ゆっくりと頷いた。目元に手を添え、コンタクトを外す幹元さん。

　俺は息を呑んだ。カラコンを外した幹元さんの瞳は、蒼穹《そうきゅう》のような水色だった。

「実は、父がイタリア人なんです。小学校の途中までは向こうで育ちました。日本に帰ってきたあと、学校で目の色が理由で大分からかわれて……。それ以来、カラコンで隠してたんです」

　漆原先生が頷く。「でも」と幹元さんが身を乗り出した。

「それだけで分かっちゃったんですか？　私、同僚の誰にも言ったことなかったのに」

「もう一つ理由がある。君のメモ帳だ」

「メモ帳？」

　疑問符を浮かべる幹元さん。だが次の瞬間には、

「――あ」

　口元を押さえた。漆原先生は、

「君、仕事のメモはイタリア語で書いてるんだってね」

「……あんなに汚い字なのに、よく分かりましたね」

「これに関しては、気付いたのは私じゃない。戸島だ」

「戸島君が？」

幹元さんが驚いたように俺を見る。俺は頭をかきながら、

「実は大学に入りたての頃、ちょっとだけイタリア語をかじりまして」

幹元さんは「そっかー……」とつぶやき、深々とため息をついた。

再び漆原先生が口を開く。

「君の出身がイタリアということになれば、事情は変わってくる。家族性地中海熱はその名の通り、地中海沿岸に住む人々の有病率が高い。もちろん、イタリアも例外じゃない」

漆原先生は続けて言った。

「確か、君の親族にも同じような症状がある人がいるんでしょう？　一度専門施設で遺伝子検査を受けるといい」

幹元さんはこくりと頷いた。

「家族性地中海熱は現時点では根治することはできない。けれど、有効な治療薬は存在する。厳密には遺伝子検査をしないと確定診断はできないが、君の場合は病像が典型的だ。まず間違いないだろう。薬を出しておくから、飲んでみるといい」

幹元さんは少し間を置いて、「分かりました」と首肯した。

診察室の扉に手をかける幹元さん。その背中に、漆原先生は言葉を投げる。

「幹元」

「あ、はい。なんですか」

「君の仕事が長続きしなかったのは、君の病気が原因だ。精神的な脆《もろ》さのせいじゃない」

漆原先生は一呼吸置いてから言い添えた。

「君の心は弱くないよ」

幹元さんは目を見開いた。何度か瞬《まばた》きをしたあと、

「……ありがとうございます」

ほんの少しだけ涙声で、そう返事をした。

＊＊＊

夜の外来診察室は、昼の喧騒が嘘のように静まり返っている。部屋の電気もつけず、真っ暗な中で缶コーヒーをすすりながら、漆原光莉は電子カルテを一人で黙々と打ち込んでいた。

「……幹元華。家族性地中海熱疑い。コルヒチン処方、反応性確認する。次回の外来は来月……と」

一通りの記載を終え、漆原は息をつく。脳裏に浮かぶのは今日の昼に診察した患者、幹元のことだ。

実は、診察の直前まで漆原は幹元の診断について頭を悩ませていた。症状は家族性地中海熱として矛盾はないが、いかんせんこの病気は日本において極めて稀《まれ》である。カラーコンタクトレンズの件は幹元が外国の血を引いていることの傍証にはなるが、根拠としては弱い。

幹元の日本語は完璧で、訛《なま》りは一切感じさせない。その中で彼女の母国語が日本語ではないと考える理由になったのは、あのメモ帳だった。漆原にとってはミミズがのたくったようにしか見えない文字列がイタリア語であることを指摘したのは、

——幹元さん、イタリア語でメモ書いてるんですよ。

医学生、戸島光一郎だった。

最初は半信半疑だった。イタリア語はスペイン語やフランス語などと相同性が高く、素人が一見しただけではしっかり区別することは難しい。だがそれを指摘すると、

——いやあ、多分間違ってないと思いますけど……。

頬をぽりぽりとかきながら、戸島はなんでもないことのように言った。

——俺、語学は好きなんですよ。イタリア語も、医学書を読めるくらいには分かります。

漆原はくくく、と笑い声を漏らした。

「座学は得意とは聞いてたけど、これほどとはね」

——英語はまあ、普通に喋れます。あとはイタリア語と、他にはドイツ語、フランス語、スペイン語、中国語は分かると思いますよ。……あの、やっぱり変ですかね？　幼馴染の女には「マジでキモいからあんまり言わない方がいい」って言われてるんですよ。

そう言って、平然と笑っていたのである。

「やっぱり面白いなあ、あいつ」

漆原は誰に聞かせるでもなくつぶやき、コーヒーをあおった。ホットコーヒーから立ち上る湯気が、夜の空気に溶けてゆっくりと消えていった。

第三章　膠原病患者の母・山波泉の悔い

「自己免疫疾患は治らない」と漆原先生は言った。

発症したらずっと外来に通い続ける。一生付き合っていく覚悟が必要だと。

初めてその言葉を聞いた時、特に驚きはなかった。代表的な自己免疫疾患——関節《かんせつ》リウマチ、全身性エリテマトーデス《SLE》、皮膚筋炎《ひふきんえん》、全身性強皮症……。どれも現代医学では活動性を抑え込むのが限界で、根治は難しい。よく言われることだ。

だが、

「自己免疫疾患は治らない」

その言葉が持つ本当の意味を、絶望的な重みを実感したのは、ずっと後になってのことだった。

その日、俺は漆原先生の外来に同席していた。山積みになった缶コーヒーの空き缶

の合間から紹介状を引っ張り出した漆原先生は、

「これが今日の初診患者か」

紹介状の紙束は驚くほどに分厚い。どうやら波場都大学医学部附属病院から程近い、別の大学病院からの紹介のようだ。

(珍しいな)

俺は首を傾げる。波場都大学に紹介してくるのはたいていもっと規模の小さい病院か、あるいは地方の病院だ。大学病院同士での紹介というのはあまりないパターンである。

「……んー……」

漆原先生は眉根を下げた。俺は後ろから紹介状を覗き込む。

「十七歳の女の子なんですね。疾患は――『抗《A》リン脂質《P》抗体症候群《S》』ですか」

抗《A》リン脂質《P》抗体症候群《S》。膠原病の中でも特に珍しい病気の一つだ。

脳梗塞や心筋梗塞といえば年寄りの病気というイメージがあり、実際それは的外れではない。だが例外的に、若年者であっても免疫の異常が原因となり、血栓が体中に生じやすくなる病気が存在する。それが抗《A》リン脂質《P》抗体症候群《S》だ。

脳梗塞や心筋梗塞は詰まる血管によっては致命的になり得る。そのため、抗リン脂質抗体症候群《APS》は生涯にわたって血をサラサラにして固まりにくくする薬を飲む必要がある。

一生をかけて治療が必要な難病だ。

「すでに長い治療歴がある。初発時は横断性脊髄炎《おうだんせいせきずいえん》を合併、現在も下肢麻痺や膀胱《ぼうこう》直腸障害が残存している、とのことだ」

「えっと、それってつまり」

「足は動かないし、尿失禁・便失禁が続いている、ってことだよ」

俺は言葉を失った。まだ高校生なのに、あまりに過酷な病状だ。

「それにこの患者、他にも引っかかることがある」

「え？」

漆原先生は言葉を発さず、じっと考え込んでいた。しばらくしておもむろに顔を上げると、マイクに顔を近づけ、

「山波《やまなみ》さん。山波瑞羽《みずは》さーん。診察室３０９にどーぞー」

患者を呼び入れた。

コンコンと扉がノックされる。「どーぞ」と漆原先生が声を投げると、扉がゆっくりと引き開けられた。

入ってきたのは車椅子に乗った少女だった。着ている制服には見覚えがある。波場都大学合格者を多数輩出する、都内有数の名門女子校の制服だ。彼女の顔を見た時、俺は言葉を失った。

おそろしく美貌である。我が幼馴染たる式崎京も顔の良さには定評があるが、目の前の少女は系統が違う。目鼻立ちがくっきりとして線が通っている、というだけではない。落とせば割れる硝子《ガラス》細工のような、透き通った危うさのある美しさだった。

表情は暗い。目を伏せ、じっと膝の上を見つめている。

(この子が患者さん……山波瑞羽さん、だったっけ)

彼女の背後にはもう一人、妙齢の女性が立っている。四十歳くらいだろうか。黒縁の眼鏡をかけてパリッとしたスーツを着て、山波瑞羽さんの車椅子を押していた。山波瑞羽さんと顔立ちがどことなく似ている。

「瑞羽の母、泉《いずみ》です。よろしくお願いします」

母親――泉さんは短く言った。診察室の中をぐるりと見回した後、泉さんは俺に目を向けた。

「誰ですか、あなたは」

「あ……えっと、漆原先生の外来に同席させていただいている、学生の戸島と言います。よろしくお願いします」

泉さんはわずかに眉をひそめた。

「見学を了承した記憶はないですが、まあ、時間もないですし。良しとしましょう」

なんだか責め立てられているような気がして、俺は思わず「すみません」と言った。

娘と同じく泉さんも大変綺麗な人だったが、触れれば切れる鋭利な刃物のような雰囲気の人だった。

「あなたが漆原先生ですね」

「どーも」

漆原先生は電子カルテから目を離さないまま挨拶を返した。泉さんは機械のような口調で言った。

「紹介状はもう読んでもらえましたか」

「一通りね」

「それなら良かった」

泉さんは続けて言った。

「単刀直入に伺います。……漆原先生。あなたは抗リン脂質抗体症候群《APS》を治せますか」

沈黙の時間が流れた。やがて、ゆっくりと漆原先生が椅子を回して山波親子に向き合った。

「それを聞いて、どうしたいの」

「決まっています。この子をさっさと治してあげたい」

泉さんは眼鏡の奥の目を忌々しげに細めた。

「訳の分からない病気なんかに、いつまでも足を引っ張られては困ります。これまでの病院はどこもダメでした。この病気は治らない、一生付き合う覚悟が必要だ……腕のない医者の言い訳は聞き飽きました」

泉さんは漆原先生を真正面から見据えた。

「どうです、漆原先生。抗リン脂質抗体症候群《APS》を治せますか」

固唾を呑んで様子を見守っていると、漆原先生はゆっくりと首を横に振った。

「治せない」

漆原先生の立場としては、そう言うしかない。実情として、現代の医学では抗リン脂質抗体症候群《APS》を根治させることはできないのだから。

お為《ため》ごかしに「治せます」と口先で言うことは容易《たやす》い。だが漆原先生は——たとえ普段の生活がどれほど自堕落で勝手で不摂生でいい加減でどうしようもない社会不適合者であったとしても——医療行為に関して、誠実さに欠ける発言はしない人だ。

泉さんが眉根を寄せる。

「……そうですか」

その口調には、明らかに落胆と苛立ちが滲んでいた。

一通りの診察を終え、次の外来の予約を済ませたあと、山波親子は退出していった。

去り際、母親の泉さんは「ありがとうございました」と短く言い残し、車椅子を押して立ち去って行った。

娘の瑞羽さんは、最後までただの一度も声を発することはなかった。


診察が終わり、俺は漆原先生の前に湯気の立つコーヒーの入ったカップを置いた。

コーヒーをすする漆原先生に、俺は話しかける。

「気難しそうな人でしたね」

先ほどの患者、山波親子のことだ。母親は去り際に名刺を置いていったが、どうやら弁護士らしい。理知的な雰囲気の人だったが、やはり頭が良いようだ。

抗リン脂質抗体症候群《APS》は治せない、と言われたことが、どうやら彼女の不興を買ったようだった。あからさまな暴言や嫌みこそ言われなかったが、泉さんの表情には不満の色がありありと出ていた。

ただ、気持ちは分かる。まだ年若い娘が抗リン脂質抗体症候群《APS》なんていう聞いたこともない病気になった挙げ句、治らないから一生治療を続けろと言われても、そう簡単には納得できないだろう。

「……なるほど」

漆原先生はしかめ面をして電子カルテを読んでいる。ややあってぼそりとつぶやいた。

「一見すると、治療経過自体は問題ない。ここしばらくは再発も抑えられている。あの親子の問題は、もっと別のところだ」

「別のところ？」

漆原先生は膨大な紹介状の山を指差した。

「山波瑞羽はこれまで、合計五つの大学病院を受診している」

「それは……多いですね」

俺は首をひねった。かかりつけの病院を変更する、というのはそれなりに面倒で、特に抗リン脂質抗体症候群《APS》のような珍しい病気は詳細な病歴の情報を伝える必要がある。にも拘わらず病院を何度も替えた、ということは、

「紹介状には転医の理由は明記されていない。けれど、なんらかのトラブルを起こして替えざるを得なくなった、と見るのが妥当だろうね」

俺は先ほど、母親の泉さんが言っていたことを思い出す。

──腕のない医者の言い訳は聞き飽きました。

「あの母親は、おそらくまだ娘の病気を受け入れられていない。どこかに奇跡の根治療法があると信じているんだろう」

漆原先生はコーヒーを口に含んだ。

「そんなもの、どこにもないのにね」

俺は言葉を返せなかった。漆原先生が乱暴に置いたコーヒーカップから、湯気がふわふわと立ち上っている。


俺が暮らしているのは波場都大学に併設されている寮である、というのは以前述べた通りだ。玄関を入ってすぐのところにはリビングがあり、飲み会や勉強会でよく使っている。

テーブルを挟んで向かい側には一人の男が座っている。遠藤信義《のぶよし》という男で、俺の同級生だ。熟れすぎたバナナのような色の金髪にシルバーのメッシュを入れ、開襟シヤツの首元にはチェーンのネックレスが揺れている。見るからにアホ大学生という雰囲気の男であり、その正体は紛《まが》うことなきアホ大学生である。

俺の担当患者、山波瑞羽の話を聞いた遠藤は目を丸くした。

「え？　戸島患者のＪＫに手ェ出そうとしてんの？」

「お前は脳に日本住血吸虫《にほんじゅうけつきゅうちゅう》でもくっついてるのか？」

遠藤はかっぱえびせんをボリボリ食べながら言った。

「やめとけって。悪いこと言わないから成人済みの子にしとけ、今度合コン組んでやるから」

「願い下げだ」

遠藤は下唇を突き出した。

「車椅子に乗った薄幸の美少女ねえ……まあ、戸島が好きそうなタイプではある」

「だから違うと言っているだろう」

遠藤は金髪を揺らして、

「膠原病のこととかよく知らないんだけどさ、抗リン脂質抗体症候群《APS》って下半身麻痺になるのか？　あれって体のあっちこっちに血栓が詰まる病気だろ？」

俺は目を丸くした。

「お前が心臓以外の病気のことを知ってるとは」

「おいおい、あんまナメんなよ。こう見えて、アレルギー・膠原病内科の試験もちゃんと通ってるんだぜ、俺は」

「追試は何回受けたんだ」

「三回。いやァ受かって良かったぜ」

遠藤は悪びれもせずに笑った。この男は一年生の頃から追試の常連で幾度となく留年の危機にさらされているが、なんやかんやで進級を勝ち取ってきている。

俺は頷き、

「漆原先生の受け売りにはなるが……。あの患者の場合、抗リン脂質抗体症候群《APS》の中でも珍しい経過をたどっている。初発時に横断性脊髄炎——神経に炎症をきたす状態を合併していた。この炎症の後遺症で神経の機能が喪失し、下半身の機能がなくなった、ということのようだ」

「へえ。っていうことは、戻る見込みはないってことか」

「おそらく」

炎症が強い発症早期ならともかく、一度神経障害が完成してしまうと、それを改善させることは難しい。山波瑞羽の場合、抗リン脂質抗体症候群《APS》を発症したのはもう三年前なのにも拘わらず神経障害が残存していることを思うと、今後の劇的な改善は望めないだろう。

遠藤は下唇を突き出し、ぼそりと言った。

「……キツイな」

「ああ」

もしある日いきなり、ここから先は歩くことはできません、一生車椅子生活です、と言われたら、目の前が真っ暗になることだろう。まして、瑞羽さんは俺たちよりも年下の少女だ。

果たして、瑞羽さんは自分の病気をどう思っているのだろうか。そんなことを考えていると、

「なんの話？」

俺の隣に、式崎京が座った。遠藤がニヤニヤ笑いながら言う。

「戸島が診てる患者に、美人の女子高生がいるんだとよ。興味津々らしいぜ」

「その言い方は誤解を招く」

横を見ると、京は「うわぁキモ」みたいな顔をしていた。挙げ句の果てには、

「うわぁ……キモ……」

実にしみじみとした口調でそう言った。ゴキブリの死骸を見るような目をした京が俺から距離を取る。

「京、お前も真に受けるんじゃない。難しい症例だから、どう対応するのが良いか悩んでいただけだ」

「まあ、どんな変態も周りにはそういう風に言い訳しますよね。きっと」

「おい京お前なんで丁寧語なんだ」

「唾飛ばさないでくれます？」

どうやらとりつく島もなさそうだ。俺は頭《かぶり》を振ったあと、腕を組んで改めて考え込む。俺の様子を見て遠藤が、

「まあ、あんまり思い詰めんなよ。俺たちは学生だ、あれこれ悩んでも高が知れてるぜ」

ひらひらと手を振り、立ち上がった。かっぱえびせんをボリボリやりながら、遠藤は二階の居室へと通じる階段を上っていった。

「……まあ、それはそうだが」

独りごちる。

今日の昼間、診察室で見かけた瑞羽さんの顔を思い出す。孤独な表情をしていた。

見ていて胸が痛くなるほどに。

多感な時期だ。抗リン脂質抗体症候群《APS》に罹り、周囲から好奇の視線や、上辺だけの同情を向けられることも多いのではないか。

それに、あの母親も引っかかる。漆原先生の言ではないが、娘の病気を受け入れられていない印象がある。診察室での様子を見る限り、とても親子仲が良好とは思えなかった。

あの子に、居場所はあるのだろうか。


「戸島さん。私そろそろ部屋に帰るんで、電気消しておいてもらって良いですか？」

「おい丁寧語やめろ京」


波場都大学の近くには喫茶店がいくつか存在し、漆原先生お気に入りの店もある。

その日、俺は学外で購入したコーヒーを手にキャンパスを歩いていた。自分が飲むわけではなく、漆原先生からコーヒーを買ってこいと命じられたためである。いい加減それくらい自分で買いに行ってくださいと言いたいが、迂《う》闊《かつ》なことを口走ると、

「別に強制はしないよ。でも私としては、コーヒーもろくに買ってきてくれない学生

には単位をあげるのはためらっちゃうね」

などとアカデミックハラスメントをちらつかせてくるのだ。職権濫用も極まれりと言えよう。

病院横の道路を歩いていると、ふと目が引きつけられた。車椅子に乗った高校生くらいの女の子。山波瑞羽だ。

(そっか。今日も外来か)

幸い、波場都大学病院に通い出してからの彼女の容態は安定している。今日も採血の数値は問題なく、いつも通りの薬をもらって帰るはずだ。

そのまま通り過ぎようとしたが、俺はふと足を止めた。瑞羽さんは車椅子の上で身をよじっており、困ったような顔をしていた。よく見ると、車椅子の車輪が道路の側溝にはまって動けなくなっているようだった。

俺はテイクアウトのコーヒーと瑞羽さんを見比べたあと、おずおずと声をかけた。

「大丈夫？」

その時初めて俺に気付いたように、瑞羽さんが顔を上げた。

「…………」

相変わらず無口な子である。だが瞳は戸惑うように揺れており、これは助けが必要

だろうと判断する。俺はコーヒーをいったん地面に置いたあと、

「それっ」

車椅子の車輪をつかみ、ぐっと引き上げた。どしんと音を立てて車輪が歩道に戻る。

瑞羽さんは少しだけ目を丸くしたあと、

「……ありがとうございます」

初めて聞く瑞羽さんの声だった。彼女は小さくぺこりと頭を下げた。

さて、と俺は腰に手を添える。困っているところを助けたはいいが、この後どうするべきか。俺は尋ねた。

「今日はもう外来は終わったよね。お母さんは？」

「母は仕事に行きました。私はバスに乗ろうと思ったんですが……」

なるほど、と頷く。拾い上げたコーヒー片手に、俺は車椅子の手押しハンドルに手を添えた。

「それなら、バス停まで送ろう」

「え。大丈夫ですよ、そんな」

「遠慮しないでいい」

俺は強引に車椅子を押し始めた。別に大した手間じゃないし、

（これくらいのことしかできないからな）

医学生である俺は、漆原先生のように治療方針を立てることで患者の役に立つことはできない。ならばせめて、車椅子を押すくらいはしてあげるべきだろう。

瑞羽さんは目をぱちくりさせながら俺を見ていた。しばらくして、すっと頭を小さく下げた後、背もたれに体をゆだねた。

バス停は病院の敷地から程近い場所にある。

「……あの」

車椅子を押していると、うっかりすると聞き逃しそうな小さな声で、瑞羽さんが言った。

「すみません。お忙しいのに」

「ああいや、全然気にしなくていい。医学生なんて暇なもんさ」

「そうなんですか？」

瑞羽さんがほんの少しだけ頬を緩める。俺でも思わず心臓が跳ねそうになるほどの美貌だった。この場に遠藤がいれば一も二もなく口説き始めたことだろう。

ほどなくバス停に到着した。車椅子をバスを待つ行列の最後尾につけて、俺は瑞羽さんに別れを告げる。

「それじゃ、また。次の外来で」

「はい」

瑞羽さんが頷く。踵《きびす》を返した俺だが、

「あの」

背後から呼び止める声がした。

「……名前」

「ん？」

「お兄さんの名前、なんて言うんですか」

振り返る。どこか緊張したような顔で、瑞羽さんは俺を見ていた。

「戸島だ。戸島光一郎」

とじまさん、と瑞羽さんはつぶやいた。そののち、

「覚えておきますね」

瑞羽さんは小さく笑った。やはりとんでもない美人である。杖をついたおじいさんやバス停のベンチに座っている若者がソワソワとこちらを見ていた。

少しだけドキドキしながら、俺はその場を後にした。

それ以来、たまに瑞羽さんは俺と話してくれるようになった。元々診察や検査の合間の時間を持て余すことが多かったようで、俺なんかが話し相手でも良いらしい。

俺たちがいるのは院内のタリーズだった。瑞羽さんの前にはオレンジジュースと、

「……たくさん本を持ち歩いてるんだな」

「そうですか？　これくらいなら、今日中に読み終わっちゃいますけど」

数冊の文庫本がテーブルに置かれていた。この少女は実は大変な本の虫で、待ち時間はいつも読書をしているとのことだった。今話題の新作から過去の名作、ライトノベルまで様々で、本の好みはどうも雑食のようだ。

「もし興味があれば、お貸ししましょうか」

「あー……」

俺は曖昧な声を出した。本は嫌いではない。むしろよく読む方だ。だが最近は医学の勉強が忙しくて、読書を楽しむ時間が減っているのが実情だ。借りたところで読み通せるかは怪しい。

だがそんな俺の様子を見て、瑞羽さんは悲しそうな顔をした。

「すみません。ご迷惑でしたか」

「あ、いや！　そんなことは全然！」

俺は慌てて手を振った。

数回話してみて分かったことだが、山波瑞羽は人見知りではあるものの、決して無感動な人間ではない。年頃の少女らしい感情の起伏は口ぶりからも垣間見《かいまみ》える。

瑞羽さんはおずおずと一冊の本を差し出した。

「それなら……これとか面白いですよ。ミステリーです」

しばし逡巡《しゅんじゅん》したあと、俺は本を受け取った。

「えっと、これはどんな話なのかな」

「人間の脳みそが大好きな連続殺人鬼が、誰にもバレないように家族の脳みそを食べようとする話です」

「け、結構ハードなのをお読みになるんですね……」

どうしよう。俺が普段全然読まないジャンルである。だが今更本を突き返したら、このいかにも繊細そうな少女はきっと傷つくのではないだろうか。悩んだ末、

「ありがとう。それじゃ、遠慮なく」

本を鞄にしまった。ふと時計を確認し、俺は慌てて立ち上がった。

「そろそろ授業だ。俺は行くよ」

去り際、瑞羽さんは若干の期待の混じった目で言った。

「感想、今度教えてくださいね」

「わ、分かった」

俺は戸惑いつつも首肯し、その場を後にした。

病院の廊下を歩く。鞄の中から借りた本を取り出し、

「んー……。どうしたもんかな」

独りごちる。思わぬ仕事が増えてしまったと思いながら、俺は歩いた。


夕方。沈みかけた太陽の光が病棟に差し込み、長い影を作っていた。病棟の冷蔵庫に漆原先生用の缶コーヒーを補充し、カルテの確認を済ませたあと、俺はナースステーションで瑞羽さんから借りた本を読んでいた。

(犯人の思想は気持ち悪いし、死体の描写はエグいけど……これ確かに面白いな)

ページを順にめくっていると、

「あれ、戸島君だ。何してるの」

幹元さんだ。勤務時間中なのだろう、今はナース服姿だった。ここ最近は体調を崩すこともなく元気に出勤できているようで、今日の昼間も慌ただしく走り回っているところを見かけていた。

「患者さんから借りた本を読んでました」

「へえ。戸島君って本好きなんだ」

幹元さんは手近な椅子を引き寄せて座った。それから俺の手元を覗き込み、

「うへえ。字ばっかりだ」

「小説ですからね」

「私はこういうの苦手だなあ」

「幹元さんなら問題なく読めるんじゃないですか？」

彼女の日本語は完璧だ。小学生から日本の学校に通っていたらしいので、漢字も問題なく読めるだろう。だが幹元さんは肩をすくめ、

「小説が嫌いなんだよねえ。漫画は好きだけど」

と言って頬杖をつき、

「漫画もドラマも映画もお手軽に見られるからねえ。若者はあんまり小説を読まない時代ですよ」

「でも、この小説を貸してくれたのは高校生の女の子なんですよ」

「あ、そう」

幹元さんは目を丸くした。

「え？　じゃあ戸島君、患者さんの高校生の女の子と本の貸し借りをするくらい仲良くなっちゃってるんだ」

「仲良くというか……。外来に来た時、時間を潰すために一緒にカフェに行くって程度ですよ」

俺は苦笑いしながら手を振ったが、

「へー……。はー……。なーるほどなるほど……。ほえー……」

どこか邪悪な笑みを浮かべながら、幹元さんは俺と文庫本を交互に見る。何か良からぬことを幹元さんが邪推している気配を察知し、俺は釘《くぎ》を刺した。

「あの、幹元さん。何か変なこと考えてませんか」

「え？　いや別に？」

幹元さんはすっとぼけた声を出したあと、ぴょんと立ち上がった。

「そんなことより看護記録書かないと。レッツ・サービス残業」

スススと立ち去っていく幹元さん。去り際、彼女は思い出したように俺へと向き直り、

「そうだ。戸島君」

「あ、はい。なんですか」

「相手は高校生なんだから、あんまり思わせぶりなことしちゃダメだよ」

「……なんの話ですか」

「今度飲みに行った時にでも教えてあげるよ」

　幹元さんはニヤニヤと笑いながら歩いていった。俺は釈然としない思いを抱きつつも、再び文庫本のページに視線を戻した。


　山波瑞羽の病状は安定していた。定期的に外来に来ては採血をし、値に大きな変動がないことを確認する。その繰り返しだ。

　決して悪いことではない。病気が落ち着いているのは良いことだ。しかし、病状の変化がないということは、言い換えれば改善も乏しいということだ。現状維持とは見方を変えれば停滞である。

　その日、診察室に入ってきた瑞羽さんの母親――泉さんは、明らかに苛立っていた。

「この病院は随分と待ち時間が長いんですね。予約の意味がない」

　つんとした口調でそう言った。漆原先生は椅子に腰掛けたまま返事をせず、無言でカルテ画面をスクロールしていた。

「んー……ＰＴ－ＩＮＲが短いね。ワーファリンが足りないんでしょう、増やしておくよ」

　漆原先生がそう言うと、泉さんは不審そうに眉根を寄せた。

「前の担当医は、これくらいの値であれば様子を見ていましたが」

「いや、これだと不十分だね。血栓のリスクを減らすなら、もっと効かせた方がいい」

「以前の医者が間違っていたということですか」

　いい加減なものですね、と泉さんはつぶやいた。

　漆原先生と泉さんがやりとりを交わす横で、瑞羽さんは相変わらずうつむいて膝を見つめている。漆原先生に質問された時だけ、一言二言の返事をするのみだ。

「そもそも、この薬はいつになったらやめられるんですか。この子には受験勉強もある。煩わしい飲み薬は一つでも減らしたいのですが」

　棘《とげ》のある声で泉さんが尋ねる。漆原先生はゆっくりと首を横に振った。

「生涯にわたる治療が必要な病気だから。この時期を過ぎたらもう薬はやめていい——なんてことは、言えない」

「ずっと飲まなくてはいけないんですか」

「可能性はある」

「結婚しても、年寄りになっても、ですか」

「可能性はある」

泉さんは険しい形相で漆原先生をにらみつけた。漆原先生はどこ吹く風で電子カルテに目を戻す。険悪な空気が診察室に漂った。俺はなるべく目立たないよう、部屋の隅っこで肩を丸くして縮こまる。

「波場都大学病院も、大したことはないですね」

泉さんが頭を振る。

「期待はずれです」

漆原先生は答えなかった。わずかに目を細めたあと、黙々と電子カルテに文字を打ち込んでいる。

「お世話になりました」、とおざなりの挨拶を残し、泉さんが退室しようとする。他人行儀でつっけんどんな態度だ。診察室を出たあと、そのままどこか遠くに行ってしまうのではないかと思いそうになるほどに。

泉さんの背中に向かって、

「山波さん」

漆原先生が声を投げた。

「それ、いつまで続ける気なの」

ごくごく短い言葉だった。だが、その意味は俺にも理解できた。

山波泉は娘の瑞羽を連れて、あちこちの大学病院を渡り歩いている。抗リン脂質抗体症候群《APS》を根治させる方法が、どこかにあるのではないか。おそらくは、そう信じて。

そんな奇跡のような治療法は存在しない。少なくとも、現代には。

泉さんは立ち止まった。背を向けているため、その表情は窺《うかが》い知《し》れない。耳に痛いほどの沈黙が続く。しばらくして、

「言いたいことがよく分かりませんが」

そう言い残し、診察室を出ていった。


「先ほどはうちの母が失礼しました。なんというか、ちょっと言い方のキツい人で」

「ああいや、全然良いよ。大丈夫」

瑞羽さんは俺に深々と頭を下げた。慌てて手を振る俺。

俺たちがいるのは例の如《ごと》く病院のタリーズだった。相変わらず混んでいて、コーヒーやお菓子を載せたトレイを手にした人がひっきりなしに行き交っている。

瑞羽さんの横には文庫本が数冊積まれている。今日の読書分らしい。相変わらずの本の虫である。

「戸島さんが好きそうな本、いくつか持ってきたんです。またお貸ししますね」

「そ、それはどうも……」

期待するようにこちらを見つめる瑞羽さんの手前、もう小説は結構ですと言うわけにもいかず、俺は若干引きつった笑みを浮かべた。

先ほどに比べて、表情は明らかに明るい。おそらくこちらが瑞羽さんの本来の性格なのだろう。ただ、診察室ではいつも石のように黙りこくってしまう。

その原因には心当たりがある。俺は泉さんの顔を思い浮かべた。

「お母さんは、その。厳しい人なのかい」

言葉を選びつつ、俺は尋ねた。瑞羽さんは目を丸くしたあと、そっと視線を逸《そ》らした。

「……母には内緒にしてもらえますか」

そう前置きしたあと、瑞羽さんはぽつりと言った。

「真面目ですし、完璧主義だと思います。ただ、昔はあそこまで他人への当たりが強い人ではありませんでした」

「昔？」

「私が病気になる前、ということです」

賑やかなタリーズの店内で、俺たちの周りだけが、しんと静まり返ったような気持ちがした。

「自分の母ながら、すごい人だと思います。大学受験の時も、予備試験も、司法試験も、ずっとトップだったみたいです。納得はできます。あの人が勉強や仕事をしている時って、本当に物凄《ものすご》い集中力なので。ただ私が小さい頃は、どんなに忙しくても寝る前に絵本を読んでくれたんです。本を読んでもらって、その日あった出来事を取り留めもなく話して……。楽しい時間でした」

瑞羽さんは手元の文庫本に視線を落とし、そっと表紙を撫でた。

「子供の時は、母の期待に応えて成果を出すのが嬉しいし楽しかったんです。テニスの大会で優勝したり、模試で一番を取ったりすると、母は褒めてくれました」

瑞羽さんはいったん言葉を切ったあと、ぽつりと、

「もう、私にテニスは無理ですけど」

俺は言葉を返すことができなかった。母への想《おも》いを語る瑞羽さんはまるで、自分の病気を後ろめたく思っているかのような口ぶりだった。一番辛いのは、間違いなくこ

の子なのに。

瑞羽さんは車椅子の肘掛けに手を置き、

「寝る前に母と話さないようになって、もう随分経ちました」

その言葉の意味は、容易に推察できた。

完璧主義の泉さんにとって、瑞羽さんはどう見えているのか。難病のために病院に通い続け、一生薬を飲まなくてはならず、自分の足で歩くことができなくなった娘を、どう思っているのか。

俺は頭を振った。

（……考えすぎだろう。親子だぞ？）

泉さんだってきっと、瑞羽さんを愛しているはずだ。伝え方が不器用なだけだろう。

そう声をかけようと思ったところで、

「瑞羽。行くわよ」

ぴしゃりとした声が響く。泉さんだった。タリーズの店内をつかつかと歩いてきた彼女は、ちらりと俺に目を向けて怪訝そうな顔をした。

「あなたは、漆原先生の横にいつもいる……」

「学生の戸島です」

俺はベンチから立ち上がり、慌てて頭を下げた。泉さんは「どうも」と短い返事をしたあと、つんとそっぽを向いた。

車椅子を押して歩き出す泉さん。俺は嘆息し、外来診察室へ戻るかとリュックサックを担ぎ上げた。その拍子にリュックサックから覗く文庫本が目に入り、

「あ」

忘れていた用事を思い出す。俺は思わず額を押さえた。

(本、返し忘れてた……)

瑞羽さんから借りていた文庫本だ。覚悟を上回るスプラッタな内容に挫折しそうにもなったが、一方で張り巡らされた伏線の回収や終盤に明かされる叙述トリックの妙は思わず膝を打ちそうになる怪作であった。

まだ近くにいるのではないかと思い、正面玄関までの通路を早足で歩く俺。ほどなく見覚えのある車椅子とスーツ姿の女性を見つけ、俺は駆け寄った。

「山波さん!」

俺が声をかけると、山波親子はくるりとこちらへ振り返った。その仕草や横顔の雰囲気はよく似ていて、あ、やっぱり親子なんだな、と唐突な感想を抱く。

「これ。お返しします」

俺は瑞羽さんへ文庫本を差し出した。瑞羽さんは目をぱちくりさせたあと、「ありがとうございます」と小さな声で応え、本を受け取った。

「面白かったです。良い本でした」

俺がそう言うと、瑞羽さんは少しだけ頬を染めて視線を床に落とした。

「……良かったです」

うっかり聞き逃してしまいそうな小さな声で、瑞羽さんは言った。

「本？」

車椅子に手をかけたまま、母親の泉さんは不審げに眉をひそめた。俺は頷く。

「はい。お借りしてたので」

「はあ。どうも」

泉さんは興味なさそうに気のない返事をしたあと、再び車椅子を押し始めた。

やれやれちゃんと本を返せて良かった、と胸を撫で下ろす俺。外来に戻ろうと踵を返したが、ふと背後から声が聞こえた。

「またくだらない本読んで。ちゃんと勉強してるの？　まったく……」

泉さんの声だ。診察室で漆原先生に向けるものと同じくらい――いや、その何倍も冷たい声音だった。

思わず振り返る。だが昼時の病院は人であふれており、車椅子の親子の姿は、人混みの中に紛れて消えた。

俺が漆原先生の下でコキ使われている、もとい勉強させてもらっているのは、名目としては課外実習という形になる。血嫌い医学生である俺は実習中に失神したり吐いたりすることがしばしばあり、出席が重要な授業ではしばしば単位を落としそうになる。そんな落ちこぼれ大学生への救済措置として、漆原先生の下での実習が行われている、ということだ。

つまり、漆原先生について回るだけでなく、一般的な学部の授業——臨床講義や生化学、薬理学といった座学も並行してこなす必要がある。ペーパーテストは苦手ではないが、それでも医学部特有の怒濤《どとう》の試験ラッシュにはしばしば閉口させられた。

「ツアー……疲れたァー……」

遠藤は間延びしたトーンで言った。ぐーっと腕を伸ばし、首をゴキゴキと鳴らしたあと、

「神経解剖学が鬼門ってのは先輩から聞いてたけど、マジだな。一問も解けなかったわ」

「それは落ちるんじゃないのか、さすがに」

「俺はハナから追試狙いだからさ」

　遠藤は金髪をモサモサと揺らして歩く。そろそろ春の終わりが見えてくる時期だ、日差しの眩しさに俺たちは目を細める。

　俺と一緒に歩いているのは、試験をともに受けていた遠藤、そして京である。他にも大学を出た時点では何人かつるんでいたのだが、

「高橋《たかはし》は部活、北清水《きたしみず》はバイトか。ご苦労なことだ」

「美希《みき》ちゃん、バイトで稼ぎすぎて扶養外れたらしいよ」

「あいつ、医者になるより塾講師になった方が稼げるんじゃないのか」

　京と取り留めもない話を交わし続ける。

　俺たちは大学のキャンパスを出て水道橋《すいどうばし》方面へと歩いていた。試験勉強明けの頭は糖分を欲して止《や》まず、試験会場を出るや否や昼飯の算段を立て始めた俺たちだったが、

「水道橋の『ソレイユ・ルバン』のフレンチトーストが食べたい」

　という式崎京の強い希望により、こうして店へと向かっているわけだ。この女、相変わらずの甘党ぶりである。

　三人並んで道を歩く。先ほどの試験の答え合わせをしながら——と言っても、遠藤

はほぼ全ての問題を解けなかったようなのであまり参考にはならないが――、店へ向かって歩いていると、

「あ」

俺はふと足を止めた。目に留まったのは、とある学校だった。石造りの門に刻まれた古めかしい文字には、都内有数の進学校である女子校の名前が書かれている。

（瑞羽さん……）

瑞羽さんの通う学校である。門の奥に目をやると、校舎の中にはちらほらと生徒と思《おぼ》しき女の子たちの姿が見えた。瑞羽さんと同じ制服である。

（ここに通ってるのか）

なんの気なしに瑞羽さんの姿を探し、そんな簡単に見つかるわけがないだろうと苦笑いしそうになったが、

「あ」

校庭の隅に、ぽつんと佇《たたず》む車椅子に乗った人影を見つける。あの長い黒髪や影のある雰囲気。瑞羽さんだろう。

見たところ、おそらく体育の授業中だ。ハンドボールだろう、二チームに分かれて、高校生の女の子たちが走り回っている。随分と盛り上がっているようで、黄色い声が

俺のところにまで届く。

　そんな中で瑞羽さんの周りの空気だけが、切り取られたように浮き上がっている。

瑞羽さんはじっとうつむき、手元を見つめていた。

　まるで、檻《おり》に入れられているようだった。

（……足が、動かないからか）

抗リン脂質抗体症候群《APS》の後遺症で、瑞羽さんは両足の機能を喪失している。車椅子ではみんなと一緒にスポーツに興じることは難しく、見学しているのだろう。

　笛の音が響く。どうやら、どちらかのチームがゴールを入れたらしい。歓声が上がり、生徒たちが集まって手を叩く。なんということはない、どこの学校でも見られるような、ありふれた青春の一コマだ。

　その輪の中に、山波瑞羽だけが、いない。

　俺は思わず唇を嚙んだ。見ているだけで、なんだか胸が潰れそうになる光景だった。

「光一郎？　何してんの？」

　前を歩く京が、胡乱げな声を出す。

「早く行かないと、限定フレンチトースト無くなっちゃうよ」

「あ、ああ。悪い」

俺は瑞羽さんから視線を剝がした。

京が食べたいと騒いでいたフレンチトーストは、確かに評判なだけあって美味《うま》かった。だが食事の最中もずっと、脳裏には瑞羽さんの寂しそうな姿がこびりついていた。

＊＊＊

いつからだろう。母親の足音を聞くと、反射的に体が強張《こわば》るようになったのは。

山波瑞羽と泉は、お茶《ちゃ》の水《みず》のマンションに親子二人で暮らしている。高級マンションで、エントランスにはいつも守衛が控えている。ここ最近は何も言わずとも瑞羽がエレベーターに乗るのを手伝ってくれるようになった。ありがたい気遣いではあるが、同時に車椅子に乗った自分自身を突きつけられるようで、辛かった。

家の中には手すりがあちこちに取り付けられている。瑞羽が移動できるようにするためだ。玄関に車椅子を停《と》めたあと、瑞羽はゆっくりと手すりを伝って部屋に戻るのが常だった。玄関から自分の部屋まで歩いていく——中学生の頃までは簡単にできたことが、今となっては大変な労力だった。

椅子に深くもたれかかる。瑞羽の机には卓上冷蔵庫が置かれていて、その中にはお気に入りのオレンジジュースがたくさん蓄えてある。自分の部屋から冷蔵庫まで飲み物を取りに行くのが難しくなり、机の上に置けるような小型冷蔵庫を買ってもらったのだ。

「……ふう」

ジュースを飲んで一息つく。少しぼうっとしてから、おもむろに鞄から教科書とノートを取り出し、復習を始めた。母が帰ってくるまでに、今日の授業の整理をしておく必要があった。

鉛筆が紙の上を滑る音が響く。瑞羽が通う高校は全国の女子校の中でも最難関の呼び声が高い。その中でもトップクラスの成績を維持している瑞羽は、しばしば級友から驚きの目を向けられた。

——すごいね、山波さん。体調も悪いのに、頑張ってるんだね。

彼女たちに悪気はない。だから瑞羽も、表面上は何食わぬ顔で礼を言うようにしていた。ありがとう、でも全然大したことないんだよ。この足になって、部活もできないからさ。暇なだけ。勉強、割と好きだし。

今の瑞羽は、級友たちに助けてもらわないと教室を移動することもトイレに行くことも難しい。だから気を遣う。嫌われないように、疎まれないように、薄氷を踏む思いで言葉を選ぶ。自分を傷つける言葉を使ってでも、他人から嫌われないように神経質になる。

実際のところ、勉強は好きでもなんでもない。ただ、怖いのだ。

自分の足で立てず、歩けず、一人では生きていくことができなくなった自分は、せめて勉強くらいは人並み以上でなくてはいけない。生きているだけで迷惑をかけるのだから、せめて他人に認められる長所がなくてはいけない。そうでなければいよいよ、自分という人間にはなんの価値もなくなる。

玄関の鍵が回る音が聞こえる。母親――泉が帰ってきたのだ。瑞羽は緊張で肩を強張らせる。机の上に勉強道具以外のものがないことを確認したあと、瑞羽は玄関に向かって声を投げた。

「お帰り」

返事はない。玄関の鍵が閉まる。足音が近づいてきたかと思うと、不機嫌な顔をした泉が現れた。

「今日、この後も仕事なの」

泉は乱暴な仕草で、パンパンに膨らんだビニール袋を台所に置く。

「悪いけど、ご飯はお惣菜《そうざい》で。麻婆豆腐《マーボーどうふ》とおでん、どっちがいい？」

「麻婆がいい」

「あっためる？」

「うん」

瑞羽の返事を聞くや否や、泉は麻婆豆腐を電子レンジへ放り込んだ。ほどなく加熱が終わる。泉は麻婆豆腐とスプーンを瑞羽の机の上に並べて置いた。

「今日はなんの授業だったの」

瑞羽の机に目を向け、泉が尋ねた。瑞羽はわずかに肩を強張らせたあと、

「数学は漸化式。英語は that 節。どっちも前にやったところで、新しい内容じゃないよ」

「ふうん。なら、復習に時間かけるのも無駄ね。他の範囲の予習したら？」

泉は淡々とした口調で言った。瑞羽は頷く。

「……？　何それ」

泉が部屋の中を覗き込み、瑞羽の鞄を見て眉をひそめる。泉の視線の先にあるものを見て、瑞羽はさっと血の気が引くのが自分でも分かった。先日通院した時、戸島光一郎から返してもらった文庫本だ。本棚にしまうのを忘れていた。

「あんた、勉強もせずにそんなくだらない本読んでたの」

泉が眉根を寄せる。

「気楽でいいわね。自分の立場、分かってる？」

剣呑な口調だった。射るような視線に耐えかねて、瑞羽は思わず下を向いた。

深々とため息をついたあと、泉はリビングへと向かった。パソコンを取り出し、猛烈な勢いでタイピングを始める泉。おそらく仕事相手にメールを書いているのだろう。いったん仕事に取り掛かると、泉は集中を乱されることをひどく嫌う。なるべく音を立てないよう、静かに瑞羽は夕食を食べ始めた。


泉は就寝時間に厳格だった。適切な睡眠の確保は業務効率の向上に不可欠だから、というのがその理由だ。山波家は午後十一時きっかりに消灯する。土日や正月も例外ではない。

「薬は飲んだ？」

「うん」

泉の確認に対して、瑞羽は頷きを返す。そう、と泉は答えた。瑞羽はベッドへと潜り込み、枕元のボタンを押して部屋の電気を消す。部屋の扉を閉めながら、泉が独り言のように言った。

「新しい医者のことだけど」

「漆原先生？」

「ダメね。あの人も」

泉はうんざりしたように首を振った。

「できないことを主張するだけで、新しいことにトライしない。典型的な能力不足」

泉が目を細める。苛立っているサインだ。

「潮時かしらね……」

泉はそうつぶやいた後、「おやすみ」と部屋の扉を閉めた。寝室が暗闇に包まれる。

瑞羽はほっとして息をついた。

ベッドの中で、瑞羽はぼんやりと天井を見上げる。上半身を起こして両足をそっと撫でると、ぶよぶよした膜を隔てて触っているような、不快な違和感があった。足が動かなくなって以来、ずっとそうだ。

明日の朝、目が覚めたら、もしかしたら足がすっかり良くなって、元通り動くようになっていないだろうか。そんな願いを、ありもしない夢想を、毎晩考えている。

「……？」

瑞羽は首を傾げた。自分の足に――正確には、足を触っている指先に――妙な違和感を覚えた。両足の脛《すね》のあたりに、なんだかしこりがあるような気がした。

布団をまくり、暗闇の中で目をこらす。人並み以上に色白な肌をしているが、なんだか足の一部だけ色が悪いように思えた。なんだろう、と首をひねる。

（……まあ、いいか）

来週、また漆原先生の診察がある。そこで相談してみよう。

「病院、嫌だなあ……」

ぽつりとつぶやく。瑞羽にとって、病院に行くことは憂鬱なイベントだ。第一に、病院という空間が嫌いだった。消毒液の臭いがする廊下や、見るからに体調が悪そうな人たちに囲まれていると、自分が病人だという事実を否応《いやおう》なしに突きつけられる。

それだけではない。病院に行く日は、決まって泉の機嫌が悪くなるのだ。仕事を休んで瑞羽を病院に連れて行った挙げ句、変わり映えのしない対症療法をされるばかりで根本的な治療の提案はない。そんな状況が何年も続いていることを、泉は忌々しく思っているようだった。

瑞羽は再びベッドに横になった。天井を見上げながら、ふと、最近仲良くなった大学生の男の顔を思い浮かべた。戸島光一郎だ。

戸島は波場都大学医学部の学生らしい。となるとそれなりには勉強に秀でているはずだが、どうにもそんなイメージはない。診察の合間、しょっちゅう漆原先生に怒られているところを見かけていた。

「……また、新しい本、持っていこう」

この間はミステリーだった。今度は趣向を変えて青春ものはどうだろう。そうだ、先日は京都大学の学生が出てくる恋愛小説を読んだ。あれなんか良いんじゃないか――。取り留めもないことを考えながら、瑞羽は微笑んだ。

ほどなく、瑞羽は眠りに落ちた。

＊＊＊

医学部のカリキュラムは他の学部に比べて六年制だったり試験が多かったりするという特徴はあるが、とはいえ所詮は大学生だ。気になるあの子のことを考えるあまり勉強に手がつかなかったり、飲み会でハメを外しすぎたり、授業をサボって合コンに勤《いそ》しんだりもする。

しかし、例外もある。これから講義が行われる医学部講堂はかつてないほどの混み具合で、席を確保できず立ち見の学生もいるほどだった。最後列の席に陣取って講堂を見渡し、俺の同級生って実はこんなにいたんだなと感嘆の念を抱く。

こんなに混んでいるのは、学生たちがいっせいに向学心に目覚め医学の勉強に励みたくて堪《たま》らなくなったから——というわけではもちろんなく、別の理由がある。俺の隣の席に座った遠藤が、こっそりと耳打ちしてきた。

「まだ授業は始まんねえのかよ、戸島」

「知らん。俺に聞いてどうするんだ」

「だってお前が一番詳しいだろ。なにせ——」

遠藤は興味津々といった口ぶりで言った。

「あの漆原光莉先生が講義をしに来るとなれば、さすがに欠席するのは勿体無《もったいな》いって話にもなる」

そう。本日は免疫学の講義の一環として現役のアレルギー・膠原病内科医に授業をしてもらうことになっており、担当教官はなんと漆原先生なのだ。

漆原先生の悪名は医学部生の間では知れ渡っている。普段は合コンやらバイトやら部活やらに勤しんで授業に顔を出さない連中も、今日ばかりは「あの漆原光莉が来るんだってよ」と噂を聞きつけ、こうして講堂に押しかけているというわけだ。現金というか、ミーハーな連中である。

遠藤が鼻息を荒くして言った。

「いやあ楽しみだぜ。漆原先生ってアレだろ、性格はキツいけど美人なんだろ」

「あー……。まあ、そういう見方をすることも可能かもしれないがな……」

「なんだよその言い方、奥歯にイカでも挟まってんのか？」

遠藤が怪訝そうな顔をする。しかし常日頃から漆原先生の醜態を色々と目の当たりにしている身としては、遠藤の期待は残念ながら見当外れと言わざるを得ない。

遠藤は俺を挟んで反対側に座る京に水を向けた。

「京ちゃんは会ったことあるんだっけ」

「私は前に入院してた時、漆原先生が主治医だったから」

「あ、そういやそうだったな」

遠藤がずいと顔を寄せる。

「実際どうよ。やっぱ変な人なのか」

「んー……良い人だと思うけど……まあでも、変は変だね」

「なんだよ、お前ら二人揃って歯切れが悪いな」

遠藤は肩をすくめた。

授業開始の時刻が近づいてくる。浮き足だった空気の中で、俺たちは漆原先生の登

場を待った。だが、

「……来ないな」

俺はつぶやいた。定刻になっても漆原先生が登場する気配はない。医者という仕事柄どうしても急患対応があったり外来が延びたりして間に合わないことはあるが、その場合は学生にも連絡がくるはずだ。

さらに数分が過ぎる。やはり漆原先生は来ない。どうなってるんだと戸惑いのざわめきが起こる。俺の胸中にはむくむくと嫌な予感がもたげていた。

（……あの人、まさか……）

俺はこっそりと席を立った。周りに注目されないよう、そっと扉を開ける。京がこちらをちらりと見て、全てを察したように首を横に振った。

講堂のある医学部教育棟を出て、病院へ。院内を早足で歩き、向かった先はアレルギー・膠原病内科外来である。漆原先生の診察室の扉を勢いよく引き開けた俺の目に映ったのは、

「漆原先生！」

「ぐー……」

案の定、診察用のベッドで大の字になって眠りこける漆原先生の姿だった。

いい加減にしてくれと頭を抱えながらも、俺は大慌てでコーヒーの用意をする。湯気の立つコーヒーを鼻に近付けながら、俺は漆原先生に呼びかけた。

「漆原先生、起きてください」

「……んー……」

「漆原先生！　授業の担当でしょ、もう時間過ぎてますよ！」

俺は漆原先生の肩をつかみ、強めに揺さぶった。漆原先生は実に嫌そうに顔をしかめたあと、

「……自習で」

と短く答えた。そのまま毛布を引っかぶるように白衣を引き上げる漆原先生。俺は慌てて白衣をひっぺがしにかかった。

「訳の分からないこと言ってないで、ほら。行きますよ」

「……やだ。みんなよく授業サボってんじゃん、私がサボって何が悪い」

「そりゃ学生の話でしょ、あんた教員でしょうが……！」

ギギギと白衣を引っ張るも、漆原先生の抵抗する力は強く一向に起き上がる気配がない。どんだけ寝たいんだこの人。

そのまま悪戦苦闘することしばし。いくら押しても引いても断固として入眠の意思

を崩そうとしない漆原先生を前に白旗を上げそうになっていた俺だが、

「漆原先生、と戸島君？　何してるの？」

外来看護師の内田さんが、診察室の中を覗き込んで目を丸くした。蓑虫《みのむし》のように白衣にくるまって健やかな寝息を立て始めた漆原先生に、憎しみの込もった視線を向ける俺。内田さんはため息をついて腰に手を当てた。

「また戸島君を困らせてるんですか？　ダメですよ、学生いじめちゃ」

偉大なる内田さんの正論の極致とも言うべき意見をも意に介さず、平和な寝息を立てていた漆原先生だが、

「患者さんが来てますよ。山波さんって人です」

内田さんの言葉を聞いて、その瞼がやにわにぱっちりと開かれた。

「……用件は？」

のそりと起き上がる漆原先生。

俺の手の平に、冷や汗が滲む。今日は瑞羽さんの診察日ではない。わざわざ予約外受診してまで、いったいなんの用事だろうか。

内田さんは困ったように眉根をひそめた。

「それが、その。なんていうか」

「だいたい察しはついてる。変な遠慮は無用だよ」

漆原先生は白衣を羽織りながら言った。内田さんはおずおずと、

「この病院にはもう通いたくない、転院したいから、紹介状を書いて欲しい――って」

俺は唇を噛む。そっと横目で漆原先生を見やると、

「……なるほど」

わずかに目を細め、険しい顔で漆原先生はつぶやいた。どさりと診察室の椅子に腰掛けて、

「このまま診る。今すぐ呼び入れて」

「分かりました」

内田さんは一礼し、診察室を出た。所在なく立ち尽くす俺。だが、

「戸島。君も同席しな」

くい、と漆原先生が顎で診察室の片隅を示す。俺は口を引き結び、ゆっくりと頷いた。

「今日で最後の受診とさせてください」

娘の車椅子を押して診察室に入ってきた泉さんは、開口一番にそう言った。

「これ以上、治る見込みもないのに時間を無駄にしたくありませんので」

漆原先生は冷ややかな目で泉さんを見た。

「行く病院のアテはあるの」

「少し遠いですが、埼玉の大学に有名な先生がいると聞いています。そちらへ行きます」

「そう」

漆原先生は瑞羽さんへと目を向けた。

「君もそれでいいんだね」

瑞羽さんは少しだけ肩を震わせたあと、

「……お母さんがそう言うなら」

ゆっくりと頷いた。

俺は何度も声を上げそうになり、その度に口をつぐんだ。止めたい気持ちは、もちろんある。漆原先生は医者としては紛れもなく優秀だし、他の病院に行ったところで治療方針が変わるとは思えない。一度発症してしまった以上、根治は難しいのだから。しかしその話は山波親子だって何度となく聞いているはずだ。そのうえでこの結論なのであれば、俺たちに止めることはできない。

分かっている。理屈では理解している。だがそれでも、

（……瑞羽さん）

ちらりと瑞羽さんの方を見る。うつむいていて分かりにくいが、瑞羽さんは今にも泣きそうな顔をしていた。彼女自身が、この転院を望んでいるわけではないのは明らかだった。

「もう少し、待ってみてもいいんじゃないでしょうか」

気がついたら俺は声を上げていた。漆原先生が目を剝いてこちらへ向き直る。俺は慌てて口を押さえた。見学の学生が診察に口を挟むなんてことは言語道断で、常識はずれもいいところだ。俺自身も今し方自分が口走ったことが信じられず、慌てて頭を下げた。

「す、すみません」

気まずい沈黙。漆原先生がうんざりしたように首を振り、

「失礼。学生が余計なことを――」

「もう少し、と言いますが、いつまで待てばいいんですか」

背骨に氷柱《つらら》を差し込むような、冷たい声。

眼鏡の奥の目を細め、泉さんは俺を見据えていた。静かな口調だが、一方で、反射的に目を背けてしまいたくなるような圧迫感があった。

「もう少し様子を見てみましょう、もう少し経過を観察しましょう——。こっちは延々とそう言われ続けてるんです。かねがね不思議だったのですが……医者の間では、期日を決めずにズルズルと仕事をすることが許されるんですか？　少なくとも弁護士は、クライアントと業務の期限を設定することは常識以前の話ですが」

反論できない。俺はうつむいた。だが、

「これ以上、この子の障害に振り回されてはいられないんです」

俺は目を見開いた。思わず剣呑な声が出る。

「障害、って……。そんな言い方」

「事実です。違いますか？　この抗リン脂質抗体症候群《APS》という病気になってから、娘は自分の足で歩けなくなりました。どこに行くにも車椅子、一人では買い物も満足に行けない。外出先でトイレに間に合わなかったことすらあります。こういう状況を障害と呼ぶのではないですか」

泉さんは憎々しげに吐き捨てた。

「言葉は正確に使ってください。言葉遊びで誤魔化すのは姑息《こそく》で、何の解決にもならない」

泉さんの言い分も、一側面においては正しいかもしれない。だがあまりにも冷酷すぎる。少なくとも患者本人の前で言うことではない。瑞羽さんは顔を青くして震えていた。

「帰るわよ、瑞羽」

泉さんが促す。瑞羽さんは答えなかった。床を見つめる彼女の頬を、一筋、涙が伝った。

静かに、瑞羽さんは落涙していた。

「……紹介状を作るために、現時点での症状をまとめておきたい。患者の診察に少し時間が要る」

漆原先生はちらりと瑞羽さんを見やった。

「目に違和感があるようだし、足に皮疹《ひしん》が出ている。疾患の徴候の可能性がある」

「なるべく早くお願いします。あと、先ほど採血したばかりで、まだ結果は出ていないと思いますので、今日は血液検査結果の説明は結構です。後日郵送してください」

「善処する。君はいったん外で待ってて」

漆原先生はそう言って、泉さんに外に出るように促した。

娘を残して退室する際、泉さんは苦々しそうな口調で言った。

「――まったく、なんでこんなことに……」

漆原先生に命じられ、俺は瑞羽さんを普段使っていない診察室に案内した。ただならぬ気配を察した内田さんがお茶とジュースを持ってきてくれたので、瑞羽さんにオレンジジュースのペットボトルを手渡す。礼を言って受け取ったはいいものの、彼女は一向に口をつける気配はなかった。

「大丈夫かい」

俺の呼びかけにも、瑞羽さんは答えなかった。かけた言葉のアホさ加減に気付き、後悔が押し寄せる。大丈夫なわけがない。

――これ以上、この子の障害に振り回されてはいられないんです。

(あんな言い方……!)

怒りが込み上げる。瑞羽さんは病気になりたくてなったわけではない、一番苦しんでいるのは瑞羽さんだ。それを、実の母親があの言いよう。無神経にも程がある。

俺は瑞羽さんを慰めるように、ゆっくりと語りかけた。

「その、さ。絶対に治らないって決まったわけじゃないよ」

瑞羽さんは動かない。じっと下を向いたままだ。俺はそのまま続けた。

「確かに、今は発症してから日が浅いからしっかり治療を行う必要があるけど、だんだん活動性が落ち着いてきたら、薬を減らしてみてもいいかもしれない。人によっては、薬をナシにできることもある」

瑞羽さんは、やはり無言。

「医学も少しずつ進歩してる。残念ながら今のところは抗リン脂質抗体症候群《APS》の特効薬はないけど、そのうち——」

「やめてください」

瑞羽さんが唐突に口を開いた。ピシャリと、突き放すような口調だった。

「いいんです。分かってます。この病気が治らないことなんて」

俺は言葉に詰まった。瑞羽さんのペットボトルを握る手に、ぎゅっと力が込められた。

「この病気、治らないんですよね。しかも再発することもあるって聞いてます。私は一生、また病気がぶり返す日に怯《おび》え続《つづ》けないといけない。発症したばかりの時、毎日毎日どんどん足が動かなくなっていったんです。今度は腕が動かなくなるかもしれない。今度こそ死んじゃうかもしれない」

それに、と瑞羽さんは続けた。

「抗リン脂質抗体症候群《APS》の人って流産しやすいんですよね？　私は子供も満足に産めないかもしれない。慰めないでいいです、分かってるんです。優しくされると、惨めでたまらなくなるんですよ……」

瑞羽さんはしゃくり上げた。顔を手で覆い、彼女は震える声で言った。

「……いっそ死んじゃった方が良かった……！」

魂の底から漏れ出たような、切実な言葉だった。

俺は、何も言えなかった。


しばらく経ったあと、瑞羽さんは泉さんに連れられて、診察室を去っていった。

最後まで瑞羽さんは一言も喋らず、ただの一度も俺と目を合わせなかった。


「たまにあることだよ」

診察室で缶コーヒーを飲みながら、漆原先生はぽつりと言った。

「病気を受け入れられず、いつまでも戦い続けてしまうんだ。絶対に勝てない勝負だと分かっていてもね」

漆原先生は嘆息した。

「気持ちは、分かるけどね」

俺は八つ当たりのように、神経質に机を磨き上げていく。

「あの患者の診察は、今日で終わりだ。二度と会うことはないだろう」

俺の胸中にやるせない気持ちが込み上げる。

これで良かったのか？

他に何か方法があったのではないか？

これでは、何も変わらないのではないか？

いくつもの疑問が頭の中で渦巻く。だがそのいずれも、俺には答えることのできない難問だった。

「そうだ。採血は確認しておかないとね」

漆原先生がどさりと椅子に腰掛け、電子カルテの端末を操作する。もう自分の担当ではなくなったというのに、今日の採血はきちんとチェックする気のようだ。相変わらず医者としてだけは律儀な人である。

「山波……山波瑞羽……ん、いたいた」

漆原先生はカルテを眺めている。俺は物思いに耽《ふけ》りながら掃除を続けていたが、

「……これは」

息を呑む音。漆原先生の目が大きく見開かれた。俺は尋ねる。

「どうしたんですか」

「………」

「漆原先生？」

固まったまま動かない漆原先生。彼女の三白眼だけがぎょろぎょろと動く。どうしたんだろうと不審に思い、俺はカルテの画面を覗き込み、

「――え？」

思わず間の抜けた声を上げた。

この病院では採血の結果はリスト形式で画面に表示され、異常な値は赤字でアラートが出るようになっている。アラートはいくつかの段階に分かれており、緊急の対応が必要な場合はリストが赤く点滅する。

抗リン脂質抗体症候群《APS》の持病はあるもののまだ高校生、山波瑞羽の採血はいつも落ち着いていた。

だが、

「な……なんですか、これ!?」

俺は思わず動転して叫んだ。今日付の検査結果は大量のアラートで埋め尽くされ、画面はさながら血で染めたように真っ赤になっていた。

「……血小板《けっしょうばん》が下がってる。クレアチニン3・0、おそらく急性腎障害《AKI》に至っている。Dダイマーが急上昇しているのはなんでだ……？　それに、さっき複視の訴えがあった。足の皮疹はlivedo《リベド》だ。となると――」

漆原先生は立ち上がり、大股で歩き出した。俺は慌てて追いすがる。

「ちょ、ちょっと！　漆原先生！　まだ他の患者さん待ってますよ⁉」

「後回しだ。山波瑞羽の転院は延期だ、今すぐ呼び戻す」

漆原先生はつかつかと歩きながら、

「……このままだと、命に関わる」

その時、ブツリと頭上で音がした。院内放送だ。

『……コードブルー、コードブルー。外来玄関口前。コードブルー、コードブルー。外来玄関口前……』

コードブルー。意味するところは、『院内急変』。

この放送が流れたということは、今まさに、この病院の中で容態が急変した患者がいることを示す。

「ッ！」

漆原先生が駆け出した。俺は一瞬ぽかんと口を開けたあと、慌てて後を追った。

思いのほか漆原先生が駿足《しゅんそく》であることに驚きつつ、息を切らして玄関へと向かう。

コードブルーの放送を受け、すでに人が集まり始めていた。人だかりの中心にいるのは、

「な……なんで？」

俺はうめくようにつぶやいた。

血の気の失《う》せた蒼白な顔で、山波瑞羽は車椅子から崩れ落ちて床に倒れ伏していた。

第四章　車椅子の少女・山波瑞羽の願い

山波瑞羽は緊急入院となった。

意識障害を呈し、採血が軒並みパニック値を示していたことに加え、超緊急の病態と判断する根拠となったのはＣＴとＭＲＩの検査結果だった。微小な脳梗塞、静脈《じょうみゃく》洞血栓《どうけつせん》、腎梗塞《じんこうそく》……全身に血栓が詰まっている所見が多く認められたのだ。

瑞羽さんの基礎疾患である抗リン脂質抗体症候群《APS》は血栓ができやすくなる病気である。だが、いくらなんでもここまで同時多発的な血栓の出現は尋常ではない。

集中治療室《ICU》の片隅に、瑞羽さんは入院していた。一般床と違い、集中治療室《ICU》は重症患者が集まっている。各種デバイスが機械音を奏で、人工呼吸器のアラームが光り、患者に接続された持続的血液濾過透析《CHDF》の中を血液が循環する。慌ただしく行き交う看護師や医師たちを前に、俺は唾を飲む。

瑞羽さんのベッドは集中治療室《ICU》の中でも最も奥まった場所だった。ベッドの上に横たわる瑞羽さん、そして母親の泉さんを前に、漆原先生はおもむろに口を開いた。

「劇症型《C》・抗リン脂質《A》抗体《P》症候群《S》の可能性が高い」

（……CAPS《キャップス》……？）

聞き慣れない疾患だ。漆原先生は説明を続けた。

「抗リン脂質《A》抗体《P》症候群《S》の患者の中でも、ごく稀にこの劇症型を発症するとされている。全身に微小血栓が生じ、多臓器障害をきたす疾患だ」

泉さんは不安そうな顔をして聞き入っている。さすがに動揺しているようで、視線があちこちに落ち着きなく動いていた。

一方で、瑞羽さんは目を閉じたまま動かない。眠っているのか、それとも起きているのかも判然としなかった。

「劇症型の名の通り、激烈な経過をたどる。早急な治療が必要だ」

「命に関わることもあるんですか」

泉さんの質問。漆原先生は少し間を置いて、ゆっくりと答えた。

「十分、あり得る」

泉さんが目を伏せ、つぶやいた。

「……なんで、こんなことに……」

漆原先生は話を続けた。

「まだいくつかの検査結果は出ていない。けれど、モタモタしているうちに致命的になる可能性がある。早急な――今日、今すぐからの治療が必要」

漆原先生は俺たちを見回し、

「抗凝固《こうぎょうこ》薬《やく》、大量ステロイドを投与する。それから血漿交換《けっしょうこうかん》という治療も――」

「嫌です。やめてください」

集中治療室《ICU》の慌ただしい空気を引き裂くように、その声は響いた。

俺は目を見開き、瑞羽さんを見た。患者用のパジャマを着てベッドに横たわり、時折弱々しく身をよじる様は、まさしく重病人だ。

だが、目だけは違った。瑞羽さんは漆原先生をにらみつけていた。強い意志と執念を感じる、凄まじい目つきだった。

「治療はしないでください。このまま放っておいてください」

俺は思わず口を挟んだ。

「瑞羽さん、一体何を――」

「あんた、何言ってんの!?　どういうつもり!?」

怒声。泉さんが険しい顔をして娘に詰め寄った。

漆原先生が口を開く。

「……もう一度説明しようか。君の病気——劇症型《C》・抗リン《A》脂質《P》抗体症候群《S》は極めて危険な病気だ。早急な治療が必要で、遅れれば生命に関わる」

「分かってます」

瑞羽さんは深く息を吸い、吐いた。

「もういいんです。死にたいんです。……死なせてください」

耳を、疑った。

「生きていても辛いんです。悲しくて堪らないんです。起きるたびに涙が出るんです。もう、終わらせてください」

俺は泉さんの方へちらりと目をやった。信じられないものを見るような目で、泉さんは娘を見つめていた。

漆原先生は目を閉じた。ゆっくりと首を横に振ったあと、

「……患者の同意がないまま、治療はできない」

「漆原先生!?」

俺は思わず声を上げた。だが、

「後でもう一度意思を確認しにくる。それまで、よく考えておいて」

漆原先生は踵を返した。

去り際、

「君が、本当に心から死ぬことを望むのであれば——尊重する」

そう言い残し、漆原先生は去っていった。

診察室へと戻ったあと、俺は漆原先生に詰め寄った。

「なんで治療を始めないんですか！　あれじゃ、本当に死んじゃいますよ!?」

どんな医療行為であっても、前提として患者の同意が必要だ。その観点では漆原先生の言うことも、当然ながら一理はある。本人の意思がないままに医療行為を行うことは倫理的に許されない。これが他の病気であれば、日を改めてもう一度話し合いの機会を作るという方針は妥当だろう。

（けれど、今回はそんな悠長なことを言ってる場合じゃないだろう!?）

俺は劇症型・抗リン脂質抗体症候群《CAPS》の患者は見たことがない。だがそれでも、山波瑞羽の病状が極めて切迫していることは容易に理解できる。パニック値だらけになった採血、あちこちに多発した脳梗塞と腎梗塞……。このままでは早晩腎機能が廃絶するだろうし、今はたまたま重大な血管が詰まっていないからいいものの、もし次の血栓の詰まりどころが悪ければ、最悪の経過をたどりうる。

漆原先生は椅子に深く座った。ぎしりと椅子が軋《きし》む音がする。

「さっき、本人にも説明した通りだ。患者の同意なくして治療はできないよ」

「だからって……！　もっと説得するべきでしょう⁉」

俺は必死の思いで言い募った。漆原先生はゆっくりと首を横に振り、

「それが、本当にあの患者のためになるのか？」

「何を当たり前のことを……！」

俺はもどかしい思いで言葉を続けた。

「放っておいたら死んじゃうんですよ！　助けなきゃいけないに決まってるじゃないですか！」

俺の説得にも、漆原先生は反応を示さなかった。

悠長に冷蔵庫からコーヒーを取り出し、缶のプルトップを引く漆原先生。コーヒーを一口含んだあと、

「戸島、想像してみなよ」

「……はい？　何をですか」

「ある日突然、足が動かなくなる。聞いたことも、見たこともない病名を告げられる。

完治の見込みは薄い。経過が悪ければ死亡する可能性もある。一生にわたる服薬が必要だ――。そう言われる気持ちを、理解できるかい」

　俺はゆっくりと首を横に振った。

「そりゃ、想像したことはあります。でも、どうしても実感はなかなか……」

「安心したよ。君がここで、『もちろん理解できる』なんて言うような男じゃなくて」

　漆原先生は缶コーヒーをぐいとあおった。

「もしそんな図々しい勘違いをしているようなら、張り倒すところだ」

　俺は何も言えず、黙ってうつむいた。漆原先生は俺に向き直る。

「いいか、戸島。私は医者で、健康だ。少なくとも今のところはね。つまり――」

　少し間を空けて、漆原先生はぼそりと言った。

「私《医者》は、本当の意味で患者と同じ目線に立つことはできない」

　俺は反論できなかった。言葉を続ける漆原先生。

「あの子がどれほど苦しんだのかは、本人にしか分からない」

　漆原先生はコーヒーの缶をくしゃりと握り潰した。

「本当にあの子が死ぬことでしか救われないのであれば、その願いは尊重されるべきだ」

漆原先生は言葉を切った。虚空をにらみながら、

「本当なら、ね」

そうつぶやき、漆原先生はゴミ箱に乱暴に空き缶を放り込んだ。

漆原先生の診察室を後にした俺は、その足で再び瑞羽さんの入院する集中治療室《ICU》へと向かった。状況は刻一刻と変化し得る。現在の状態を確認したかったのだ。

ベッドサイドへと向かう道すがら、廊下で泉さんとすれ違った。いつにも増して険しい顔つきをした彼女は、大股で廊下をずかずかと歩いていた。怒り心頭といった様子だった。

すれ違いざま、俺を見やった彼女は、

「…………フン」

挨拶もせず、鼻を鳴らして歩き去っていった。今の彼女が置かれた状況——娘が集中治療室《ICU》に入院し、治療拒否をしていることを思うと、泉さんの無礼を咎《とが》める気はしなかった。やはり相当に取り乱しているようだ。

ベッドサイドに行くと、先ほどと変わらない様子で瑞羽さんがベッドに横たわっていた。彼女はうっすらと目を開けると、

「あ。戸島さん」

と小さな声で言った。

「母とすれ違いませんでしたか」

「ああ。もしかして、さっきまでここにいたのかい？」

「ええ。なんで治療を受けないのかとか、訳の分からないことを言うなとか、色々怒鳴ってました。最後は看護師さんに注意されて、仕方なく退出したみたいです」

他人事のように瑞羽さんは言った。俺は手近な丸椅子を引き寄せ、静かに座った。

「……瑞羽さん。本当に……」

「治療は受けたくないです」

俺の質問を先取りしたかのように、ぴしゃりと瑞羽さんは言った。言葉は明瞭で、聞き間違えようもなかった。

なんと答えたものか分からず、沈黙する俺。「そんなことより」、と瑞羽さんは言った。

「戸島さん。何か、楽しい話をしてください」

「楽しい話、かい」

「はい。そうだ、大学の話をしてくれませんか？　私はもう、大学生にはなれなさそうですし」

瑞羽さんは顔を動かした。俺と目が合う。

「戸島さんって波場都大学の医学部生なんですよね。日本で一番難しいところって聞いてます」

「……まあ、そうかもしれない。でも、あくまで偏差値の話だ」

「すごいなあ」

瑞羽さんは感嘆の声を上げた。

「羨ましいです」

「羨ましい？」

「勉強ができて、背が高くて、優しくて……。それに、健康で」

瑞羽さんは俺から視線を外した。ぽつりと、

「私とは、全然違う」

その言葉は、澄んだ絶望をまとっていた。

何度か俺は口を開いては閉じることを繰り返した。いくつもの言葉が喉元に迫り上《せあ》がってきては、そのまま胃の中へと押し戻されていく。

上っ面の慰めや励ましは意味がない。むしろ、この子を追い詰めるだけだろう。

（どうすればいいんだ。どうすれば……）

悩む。悩む。悩んで、そして俺が出した結論は、

「……そうでもないさ。俺も大概、出来損ないだ」

俺自身の本音を、ぶつけることだった。

瑞羽さんが目を瞬かせる。俺は言葉を続けた。

「俺は落ちこぼれなんだ。大学に入って以来、俺ほど退学を勧められた回数が多い学生はいないないだろう。俺は、前代未聞の〝血嫌い医学生〟だからな」

「血嫌い……医学生？」

「ああ。血が怖いんだ。笑えるだろ？　それも半端な怖がり方じゃない。紙の切れ端で指を切っただけで吐きそうになるし、採血の見学では何回失神したか分からない」

瑞羽さんは驚いたように俺を見た。ややあって、

「なんで、そんなことに？」

「昔、母親が目の前で死んでな。まだ小学生の頃の話なんだが……」

俺はぽつぽつと語った。

母親が子宮頸癌《しきゅうけいがん》の多発転移で亡くなったこと。俺の目の前で急変し、死んだこと。

それ以来、血が怖くて堪らないこと。

母親の死以来、医者になりたいと思っていること。

「そんなことが、あったんですね」

話を聞き終わった後、瑞羽さんは深く息を吐いた。

「辛くないんですか」

「辛いさ。もちろん辛い。他の仕事の方が向いてるんじゃないかって、何度も考えた。でも……」

脳裏をよぎるのは、もう十年以上も前の光景だ。母親の病室で、急変する直前に交わした会話。

——光一郎がお医者さんになったら、お母さんを治してね。

研修医の主人公が出てくる小説を読む俺を見て、母はそう言った。あの時の母の穏やかな声音を、俺の頭を撫でる大きな手の平の感触を、今でも覚えている。

俺は手元に視線を落とした。

「……昔、読んだ本がある。頭が悪い、出来損ないの医者が、それでも死ぬほど努力して、患者を助けるんだ。今思うと子供騙しの小説だよ。けれど」

俺は手を何度か握り、開いたあと、

「俺もあんなふうになれたら、どんなにいいだろうって、思う」

瑞羽さんはじっと黙っていた。

随分と長いこと話し込んでしまった。当初の目的——瑞羽さんの容態の確認を思い出す。幸い先ほどからさらに容態が悪化した様子はない。ただ、やはり治療を受ける意思はなさそうだ。また後でもう一度来ようと思い、いったん席を立つ俺。

その時、

「その本」

「え？」

「その本、まだありますか」

瑞羽さんの質問に、俺は面食らった。

「まあ、まだ一応取ってはあるが」

「読んでみたいです」

「え、ええ？　あの小説をか？」

一応まだ保管はしてあるが、なにせ十年以上前に買った代物だ。相当ボロボロになっているはずである。だが瑞羽さんは、

「戸島さんがそこまで言うなら、私も読んでみたいです」

俺は肩をすくめた。

「……分かった。今度貸すよ。だから、それまでに元気にならないとな」

瑞羽さんは返事をしなかった。ただ、小さく微笑んだだけだった。
どこまでも儚《はかな》い、今にも消えてしまいそうな笑顔だった。

集中治療室《ICU》に入院する患者は重症例ばかりである。数分単位で病状が変化し、少しでも運が悪ければそのまま死亡しかねない状況に置かれた患者が、この部署に入院する。そのため設備も一般床とはまるで毛色が違い、人工呼吸器や大量のモニターが日夜アラームの音を響かせている。

そんな中で、山波瑞羽の周りだけが沈黙を保っていた。点滴の一本すら使わないまま、最低限の採血だけを受けながら、山波瑞羽はじっと時を過ごしていた。

異様な光景だった。

ナースステーションに目を向けると、電子カルテの端末前に座り、ひたすらキーボードを叩いている漆原先生がいた。俺は漆原先生の背中越しにカルテを覗き込む。

「瑞羽さんの採血ですか」
「うん」
「……値、悪くなってますね」
「うん」

漆原先生は淡白な口調で頷いた。

入院時点でパニック値を示していた採血の数値はさらに一段階悪化している。特に腎臓の機能は透析一歩手前というところまで悪化していた。危険域と言うべきだろう。

「治療をしてないんだ。良くなるわけがない」

漆原先生はのっぺりと言った。俺はちらりと病室の方を――瑞羽さんのベッドを見やる。

「本人は、やっぱり……」

「治療はしたくないってさ。さっきも確認したが、意思は変わらずだ」

漆原先生は嘆息した。

その時、俺たちの横にぬっと人影が現れた。振り向くと、濃紺のスクラブを着た巨体の男が腕組みをして立っていた。

（でっかい……）

その熊のような顔には見覚えがある。ここの救急科の医師だ。何度かすれ違ったことがある。

救急科の医師はボリボリと頭をかきながら、

「漆原先生。ちょっとお話が」

　漆原先生はくるりと椅子を回し、救急科の医師に向き直った。救急科の医師は難しい顔をして、

「最近集中治療室《ICU》に入った女の子――山波瑞羽さんのことで、話がありまして」

　漆原先生はわずかに目を細めたあと、おもむろに立ち上がった。

「なに？」

「申し上げづらいんですが……あー……」

　救急科の医師は渋面を作り、

「山波さん、こう言っちゃなんですが、今はなんの治療もしてないでしょう？　それなら、一般床でもやることは変わらないんじゃないかと思いまして。そうすると、ベッドも有限というか」

　なるほど、と漆原先生は目をすがめた。

「集中治療室《ICU》を出ていけってことか」

「まあ、平たく言うとそういうことです」

　救急科の医師は気まずそうな顔をして頷いた。

「今、うちの集中治療室《ICU》は入室待ちの患者がわんさかいましてね。集学的治療が必要がない、言ってみれば集中治療室《ICU》の適応がない患者は、一般床への転床をお願いして

るんです」

「……確かに、今の山波瑞羽は何の治療もしてない。でも、超重症疾患の急性期であることは疑いない。その患者を集学的治療の対象から外すってことはつまり——」

漆原先生はいったん言葉を切ったあと、

「山波瑞羽を見捨てるってことじゃないのかな」

皮肉の混じった口調でそう言って、救急科の医師を見上げた。

「…………」

救急科の医師は下唇を突き出し、「あー……」と間延びした声を上げ、

「まあ、考えておいてくださいよ」

と言い残して去って行った。

俺は憮然《ぶぜん》として、

「なんなんですかね。冷たいですね」

「いや、あっちが正論だと思うよ」

漆原先生は肩をすくめた。

「治療をしないのならどこで寝てようと同じ。私もそう思う」

相変わらず淡白というか、身も蓋もない物言いだ。俺は言い返せず、もにょもにょ

と意味のない言葉を口の中で捏《こ》ねまわした。

漆原先生はじっと電子カルテの画面をにらんでいた。しばらくして唐突に、

「いったん、場所を変えるか」

「え？」

歩き出す漆原先生。ついてこい、ということだろうか。ベッドの上で横になったままの瑞羽さんをちらりと見やったあと、俺は漆原先生についていった。

波場都大学医学部附属病院には種々雑多な雑貨が置かれた院内売店が設置されており、店内にはお見舞い用の花も販売されている。漆原先生は陳列された花をいくつか選び、控えめな花束を買った。

「お花ですか」

「うん。面会だよ」

会計をしながら、漆原先生はぽつりと言った。

「誠士《まさし》のね」

俺は返答に詰まった。

漆原誠士――漆原先生の夫だ。こう見えて漆原先生は既婚者で、耳元に揺れる赤いピアスは婚約指輪代わりと聞いている。初めて漆原先生が結婚していると知った時は

こんな自堕落選手権日本代表と結婚する人間がいるのかと、衝撃のあまり体中の臓器が口から飛び出しそうになったものだが、事情を知るにつれ、漆原誠士という人物がいかに漆原光莉の根幹に関わっているかを知った。

　大学の同級生で、親の反対を押し切って結婚したものの、漆原誠士は若くして全身性エリテマトーデス《SLE》——代表的な自己免疫疾患を発症した。超重症例であり、数々の免疫抑制薬を用いた治療の甲斐なく、一時期は病状は生命に関わるレベルまで悪化した。なんとか命は取り留めたものの大半の脳機能を喪失し、今も波場都大学医学部附属病院の片隅に入院し続けている。醒《さ》めない眠りにつく漆原誠士を、毎日のように漆原先生は訪ねているのだ。

　同行して良いものか、悩む俺。だが漆原先生は花束を持って歩きながら、

「君も来なよ」

と言って顎をしゃくった。俺はしばし悩んだあと、漆原先生の少し後をついて歩いた。

　漆原誠士が入院しているのは、波場都大学医学部附属病院の中でも少し外れた場所に位置する。古びた煉瓦《れんが》造りの建物に入ると、冷房の冷んやりとした空気が肌に触れて身震いした。

　漆原先生と一緒に病室に入る。数ヶ月前と変わらない光景が広がっていた。広い病

室に、ぽつりとベッドが置かれている。胃瘻の中に栄養剤が吸い込まれていき、人工呼吸器の画面には規則的な波形が刻まれている。ベッドの上に横たわる人物――漆原誠士は、身じろぎ一つしないまま、じっと天井を虚ろに見上げている。

漆原先生は花瓶の水を替えて花束を生け、手近なパイプ椅子に腰掛けた。

「前にも一度、君を連れてきたことがあったね」

「……はい」

俺にとっては苦い、そして重大な教訓となった経験だ。忘れようがない。

「漆原誠士は、定義上はまだ死亡はしていない。脳死にも心停止にも至っていないからね」

漆原先生は嘆息した。

「実情はコレであっても」

俺は返事ができず、無言で唇を噛んだ。

「人工呼吸器で肺を膨らませて血液に酸素を送り込み、胃瘻から最低限の栄養を取り込めば、誠士の心臓は動き続ける。でもそれは、私たちのエゴだ。患者のためじゃない」

エゴ。そうなのだろうか。ただの押し付けで、自己満足でしかないのだろうか。

「世間の価値観を優先して、本人の意思を蔑《ないがし》ろにするなら——それはもう、医療とは呼べない」

漆原先生は皮肉げに笑った。

「ま、この状態じゃ、誠士本人の意思なんて確かめようもないんだけど」

俺は曖昧に頷いた。部屋の中には、人工呼吸器の音だけが規則的に響いていた。


寮に戻ると、リビングで同期たちが据え置きのテレビの前に座り込んでゲームに興じていた。大いに盛り上がっているようで、俺の姿を目にした遠藤が、

「お、戸島。遅かったな」

「ああ。漆原先生の手伝いでな」

「クソ真面目だなあ、たまにはサボれよ」

遠藤はゲームのコントローラーを示した。

「スマブラ大会中だ、お前もやろうぜ」

「いや、俺はいい。今からまた大学に戻る」

「マジか？　この時間だぞ」

遠藤は目を丸くした。

俺は自室に戻り、手早く荷物をまとめた。着替えも一通り準備しておく。瑞羽さんの病状を思うと、泊まりがけになる可能性もあると思ったからだ。

（………）

荷物をリュックサックに詰め込んでいる中、ふと本棚に並ぶ一冊の本が目に留まる。昔読んだ、新米医師の物語だ。ぼろぼろになった表紙には白衣を着た気弱そうな青年が立っている。

――戸島さんがそこまで言うなら、私も読んでみたいです。

俺は小さく頷き、リュックサックに文庫本を放り込んだ。

いそいそと部屋を出る。遠藤たちと一緒に格闘ゲームに興じていたらしい京が――ちなみにこの女はなぜか格闘ゲームに異様に強く、地元では「ゼロスーツサムスの式崎」として勇名を馳せていた――こちらを振り返り、

「また患者さん？」

「ああ、集中治療室《ICU》に入っている患者がいてな」

「ふーん」

京はテレビ画面に目を戻した。遠藤の操作するキャラクターを完膚なきまでにボコボコにしながら、

「ま、頑張んなよ」

と短く言った。俺は「ああ」と言い残し、寮の玄関を出た。扉を閉める際、遠藤が「いや勝てねーよ！　無理だってマジで！」と断末魔の悲鳴を上げるのが聞こえた。

夜道を歩く。いつの間にか夏真っ盛りを迎えていて、この時間帯でも蒸し暑い。シャツの下に汗が滲んだ。俺は早歩きで病院へ向かった。

山波瑞羽が治療を望まないのなら、私はその意思を尊重するよ。

漆原先生の考え方は、紛れもなく一つの正解だとは思う。必ずしも生きることが勝利で、死ぬことが敗北とは限らない。村山大作や高木セツのように、たとえ行き着く先が避け難い死であっても、堂々と生き切る人もいる。

ただ、

――戸島さんがそこまで言うなら、私も読んでみたいです。

瑞羽さんの顔は全てを受け入れているようには見えなかった。むしろ、本音を押し殺して、必死に自分を納得させようとしている気配があった。

ふとした拍子に、病院に向かう足が止まりそうになる。俺なんかが行ったところで、何か状況が変わるのか。ただの医学生、それも出来損ないの血嫌い医学生の俺に、何ができるのか。

「……逃げるな」

つぶやく。ふとした瞬間に弱音に支配されそうになる頭に喝を入れ、俺は再び歩き出した。


ずっと考えていたことがある。

今の瑞羽さんが死を考えるほどに追い詰められているなら、どうすれば助けられるのか。

自分の身に置き換えてみる。俺がもし、ある日聞いたこともない名の難病を発症し、未来に希望が持てなくなっていたとして。果たして医療者の言葉が、どれほど胸に響くだろうか？

たかだか数ヶ月の付き合い、外来で顔を合わせるだけの人たちだ。病気には詳しいのかもしれないが、それだけ。これまで自分がどんな人生を送ってきたか、何を大事にしていて、何を喪《うしな》ってしまったのか――。彼らは、何も知らない。知るよしもない。

そんな連中に、

「命は大事にしなきゃだめだ」

「いつかきっと良くなる」

そんな、上っ面のお為ごかしのセリフを吐かれたところで、救われるとは思えない。

——私《医者》は、本当の意味で患者と同じ目線に立つことはできない。

漆原先生の言葉を痛感する。それと同時に、

——優しくされると、惨めでたまらなくなるんですよ……。

あの瑞羽さんの言葉の意味が、ようやく理解できた。

俺は所詮、部外者でしかない。俺が瑞羽さんを救おうなんて、そもそも傲慢なのだ。

彼女を救いうるとしたら、俺ではない。漆原先生でもない。

それは、

（いた）

集中治療室《ICU》の外廊下。患者家族用の待合スペースに一人、座る女性がいた。この数日で目元にクマが目立つようになり、頭髪は枝毛が跳ねてめちゃくちゃになっていた。

「……なんですか」

泉さんは、鬱陶しそうに俺をねめつけた。俺はごくりと唾を飲む。

この人が娘をどう思っているのか、俺にはまだ確信が持てない。もしかしたら瑞羽さんが考えている通り、自分の思い通りに育たない娘にイライラしているだけの、自分勝手な人なのかもしれない。仕事ばかり注力して家族を顧みない、冷徹な人物かも

しれない。だが、

――私は、山波泉は悪い母親だとは思わないよ。

漆原誠士の病室で、漆原先生はそう語った。

――本当に娘のことを邪魔に思っているなら、あんなふうに、毎回通院に付き添ったりはしないでしょ。

そうだ。思い返せば、泉さんは必ず瑞羽さんの診察に同席していた。休日や夜間ではない、平日の日中に。つまり彼女は、毎度毎度仕事を休んでいたということになる。あれほど忙しそうな人が、娘の病状を相談するためだけに、仕事を後回しにしていたのだ。

娘がある日抗リン脂質抗体症候群《APS》に罹り、この人は想像を絶する苦労をしたはずだ。瑞羽さんの幸福を一番願っていたのは、きっとこの人だろう。

それなら。この人の言葉なら、瑞羽さんに届くのではないか。

俺はゆっくりと語りかけた。

「……面会、行かないんですか」

「行ってどうするんですか？　治療はしない、このまま死にたい――その一点張りです」

泉さんは忌々しそうに吐き捨てた。俺は重ねて言った。

「いいんですか」

泉さんは答えない。俺は続けた。

「死んだら、二度と会えないんですよ」

泉さんの顔が歪《ゆが》んだ。凄まじい形相で彼女は俺をにらんだ。思わず怯みそうになる。拳に力を込め、俺はなんとかその場に踏みとどまった。

「今から俺は集中治療室《ICU》に行きます。漆原先生も、多分いると思います」

泉さんは舌打ちした後、じっと床に視線を落とした。いったん間を置こうかと思い、集中治療室《ICU》の自動ドアを潜《くぐ》ろうとする俺。だが、背後から呼び止める声がかかった。

「私も行きます」

泉さんはそう言って、ツカツカと俺の前を歩き出した。

集中治療室《ICU》の中は相変わらず喧騒に包まれている。どこかの部屋で急変したのだろう、真夜中だというのに医者や看護師が詰めかけて大騒ぎになっている。部屋の中では見知らぬおじいさんが心臓マッサージを受けていた。その様子を横目に見つつ、俺は瑞羽さんのベッドへ向かう。

「……戸島」

　ベッドサイドには漆原先生がいた。俺を見て目を丸くした先生は、俺の横に立つ泉さんを見て、事情を理解したように頷いた。

「病状は悪化してる。血小板は減り続けているし、腎機能も限界だ。本来、今すぐの治療が望ましい」

　漆原先生の説明に首肯し、泉さんはベッドサイドに歩み寄った。この数日で別人のように顔色が悪くなり、浮腫も出てきた瑞羽さんを、泉さんはじっと見つめた。

「瑞羽……あんた、本当に治療しないの」

　言葉はない。ただ、ゆっくりと瑞羽さんは頷いた。

「そう……」

　泉さんは短い返事を返した。

　しばし、沈黙。ややあって、泉さんはぽつりと言った。

「そうだ。これ、買ってきたから」

　泉さんは鞄を漁り、ペットボトルの飲み物を取り出して置いた。

「あんた、このオレンジジュース好きでしょ」

　泉さんはゆっくりと、一言一言を選ぶように続けた。

「昔からこれ好きだもんね」

泉さんは目を閉じた。彼女はゆっくりと語り始めた。

＊＊＊

山波瑞羽の父親は嫌な男だった。波場都大学法学部で知り合い、現在も一流企業に勤める男だが、品性は卑劣だった。上司や顧客にはへつらい、身内には厳しい。何より無類の女好きで、彼が浮気をした挙げ句に泉を捨てて家を出て行ったのは、瑞羽が生まれる直前のことだった。

今更彼の行いをどうこう言うつもりはない。あんな男を選んだ自分の見る目のなさを反省はしたが、それだけだ。

身重の体で心配したのは、全く別のことだ。今自分が産み落とそうとしている命は、半分の遺伝子があの男に由来している。

自分はこの子を、ちゃんと愛せるだろうか。泉はただ、それだけを心配した。

ほどなく、その懸念は杞憂《きゆう》であったことを知る。想像を遥《はる》かに超える陣痛の痛みを乗り越えたあと、初めて見た赤ん坊の顔は、この上なく愛《いと》しかった。

この子には生まれながらにして父親がいない。女手一つで育てていくことになる。

それでもどうか、この子が幸せに生きていって欲しい。

ふにゃふにゃと泣く赤ん坊の頬をそっと撫でながら、泉は心からそう思った。


シングルマザーの育児は想像を絶する大変さだった。これまで過酷な受験勉強にも、夜を徹した弁護士の仕事にも弱音一つ吐いたことのない泉だったが、子供を育てる苦労は全く別格で、異質なものだった。

瑞羽が生まれてからも、泉は精力的に仕事を続けていた。金を稼がなくてはいけないという事情もさることながら、育児を理由に仕事から逃げていると陰口を叩かれることが我慢ならなかった。

だが、シングルマザーに対する世間の風当たりは強かった。保育園に預けた瑞羽を迎えに行くため、荷物をまとめていると、

――山波さん、もう帰るの？

――すみません。保育園のお迎えがあるので。

――なんとかなんないの。見なよ、同期はまだみんな働いてるよ。

――両親は遠方で頼れないですし、延長保育を使ってもこれ以上の時間までは預かってもらえないんです。

――そう。ま、強制はできないけどさ。それなら今やってるプロジェクト、担当外れてもらえる？

――ちょっと待ってください。この案件は前々から私が……。

――うちもさ、このプロジェクトは気合い入れてやってるんだよ。子供の面倒なんて見てたら、いつ急に早退しなきゃいけなくなるか分からないでしょ？　そんな人に大きい仕事は任せられないよ。

そう言って、泉の上司は鼻を鳴らした。

同様の事例はいくつもあった。母親だから、シングルマザーだから、子供が小さいから……。わざと聞こえるように言われる嫌みを前に、泉は黙っているしかなかった。

だが、それでも保育園にお迎えに行くことは苦痛ではなかった。保育園の門を潜り、建物の中に入ると、

――お母さん！

瑞羽はいつも走り寄ってきた。胸に飛び込んでくる娘を抱き止める瞬間が、泉にとって最も幸せな時間だった。

家に帰り、入浴と夕食を済ませ、お気に入りのオレンジジュースを飲んでから歯を磨いたあと、瑞羽はいつも本の読み聞かせをせがんだ。普段はビジネス書と法律の本

しか手に取らない泉にとって、児童書を読むことは不慣れで難しい作業だった。だが瑞羽は楽しそうに話を聞いていた。

読み聞かせが終わった時、瑞羽は眠ってしまっていることも多かった。毛布を娘の体にかけた後、泉はそっと部屋を出る。娘を起こさないよう気をつけながら、泉は持ち帰った仕事に取りかかる。

それが、山波泉の生活だった。


瑞羽はよくできた子供だった。ひとり親の子供は非行に走りやすい、としょっちゅう無神経な人間が言ってきたものだが、幸い瑞羽は随分と真《ま》っ直《す》ぐ育ったように思う。超人的な勤務を求められる法曹界で、泉は帰宅が深夜になることも多かった。だが瑞羽はインスタントの冷えた夕食にも、授業参観にもろくに来ない親にも文句を言わなかった。

中学受験をしたい、と言い出したのは瑞羽からだった。子供というものは普通は勉強を嫌がるというのに、瑞羽は随分と楽しそうに塾に行っていた。

瑞羽が受験した中学は都内有数の名門女子校であり、入試に際しては筆記試験だけではなく保護者同伴の面接がある。いくつか通り一遍の質問をした後、面接官は鉛筆

の頭でかりかりと額をかきながら、

——山波さんは……お母さんと瑞羽さんのお二人で暮らしている、ということでよろしかったですかな。

反射的に泉の体が強張った。母子家庭というだけで偏見の目で見る者も多い。家庭環境のせいで入試に失敗したら——そう思うと、冷や汗が首筋を伝った。

——私の家はお母さんしかいません。

泉が答えるより先に、瑞羽が口を開いた。瑞羽は滔々《とうとう》と続けた。

——お父さんがいて欲しかった、と思うこともあります。

何を言い出すんだこの子は、と泉は慌てる。だが瑞羽は構わず続けた。

——でも、私はお母さんの子供で良かったです。お母さんがいるなら、お父さんはいなくても大丈夫です。

泉は言葉に詰まった。ほんのわずか、目頭が熱くなってしまったことを悟られないよう、そっとスカートの裾をつかんで目を伏せた。

面接官たちは顔を見合わせ、頷いた。彼らが山波瑞羽という少女にどういう評価を下したかは、その温かい視線からも明らかだった。

瑞羽は学校でもうまくやっているようだった。母子家庭の偏見を吹き飛ばすかのように、勉強でもスポーツでも目覚ましい成果を挙げた。

この子はきっと大丈夫だ。そう思っていた。

だが、破滅の足音は唐突にやってきた。


その時期、泉の仕事は多忙を極めていた。いくつもの案件を手がけ、毎晩タクシー帰りで土日も働き詰めの日々が続いた。

ある日の深夜、家に帰ると、瑞羽がまだリビングで起きていた。あまりの仕事量の多さにイラついていた泉は、

――何してるの？　早く寝な。

――あ。えっとね、お母さん。その……なんだか、体調がちょっと変なの。

泉は眉をひそめた。瑞羽はおずおずと言った。

――足がしびれて動かしづらい感じで……。最初は部活でひねったせいかなって思ってたんだけど、治らなくて……。

泉はイライラと頭をかきむしった。これ以上面倒ごとを増やさないでくれ、と思った。

——気にしすぎじゃないの？

——でも……。

——悪いけど、また職場に戻らなきゃいけないの。続きは週末に聞くから。

泉は荷物をまとめ、再び家を出た。

数日後。泊まりがけで仕事を片付けた泉は、今にも失神しそうなくらいの疲労を抱えて家に帰ってきた。数日前に瑞羽が訴えた体調不良のことは、すっかり頭から抜け落ちていた。

——ただいま。

家の扉を開ける。目に飛び込んできたのは、

——お母さん。

泣きそうな顔で床に座り込む、娘の姿だった。

——足が、動かないの。

抗リン脂質抗体症候群《APS》という病気に聞き覚えはなかった。入院先で、担当医は淡々とした口ぶりで言った。

——自己免疫疾患の一種で、体中に血栓が詰まる病気です。一生にわたる治療が必

要です。

その宣告を聞いた時、胸の奥にぽっかりと穴が空いたような気がした。

——すでに神経細胞が死んでいます。もう少し治療が早ければ、足の機能を完全に失うまではいかなかったかもしれませんが……。

——治らないいんですか。

——治りません。

——この子の足は、もう動かないいんですか。

——動きません。

その後のことは、あまりよく覚えてない。ただ、何か訳の分からないことをヒステリックに怒鳴り散らしたことだけは記憶に残っている。担当医に責任がないことも、病気は脈絡なく降りかかることも理解していた。それでも、他ならぬ一人娘に降りかかった災厄を、どうしても受け入れられなかった。

なんで、よりによってこの子が？

それ以来、あちこちの病院を転々と渡り歩いてきた。瑞羽の病気はもう治らない、一生付き合う覚悟が必要だ——。そう言われ続けたが、受け入れるわけにはいかなかった。

あの日、瑞羽の話を最後まで聞いていれば。

瑞羽にちゃんとした家族がいれば。

自分が仕事を振り捨ててでも、近くにいてあげれば。

――瑞羽は今も、自分の足で歩けていたのではないか？

恐ろしかった。他ならぬ自分が、瑞羽を不幸に叩き落としてしまったのではないかという思いが、体を奥底から揺さぶってどうしようもなかった。

この子は悪くない。一切、悪くない。なのになぜ、こんな目に遭わなくてはいけないのか。

何度となく考えた問いだ。だが、未だもって、答えは出ない。

泉はただ。

娘に幸せになって欲しかっただけなのに。

＊＊＊

泉さんの頰を涙が伝った。

その滴を拭きもせず、泉さんは言った。

「……立派にならなくてもいい。誰かに自慢できるような人間にならなくてもいい。どうか──」

泉さんは喉の奥から削り取るように、一言ずつ言葉を紡いだ。

「──幸せになって欲しい」

顔を伏せ、泉さんは静かに肩を震わせていた。その様子をぼんやりと、夢現《ゆめうつつ》のような目で見る瑞羽さん。

周囲に沈黙が満ちた。俺も漆原先生も、何一つ言葉を発することはできなかった。

だが、

「…………て」

瑞羽さんがわずかに目を開く。蒼白になった唇が、ほんの少しだけ動く。

漆原先生を見上げながら、瑞羽さんは、

「……先生。助けて」

その言葉と一緒に、大粒の涙が瑞羽さんの目元から落ちた。

俺が初めて聞いた、山波瑞羽の心底からの本音だった。

漆原光莉は社会不適合者だ。

片付けはできない、飲み会にはジャージで来るし、朝は起きられない、食事はいつもジャンクフードにコーヒー、他人に遠慮がなくて嬉々《きき》として部下をコキ使う。悪口を言い連ねればキリがない、飛び切りのダメ人間だ。

しかし、医者としては紛れもなく一流である。

その漆原先生が言った。瑞羽さんを見据え、力強く、

「任せて」

集中治療室《ICU》に漆原先生の声が響く。

「今すぐ治療を始める。ステロイド投与、ヘパリン持続静注、血漿交換も併用する。血液浄化部には至急血漿交換の準備始めてもらって。透析用カテーテル《バスカテ》は私が入れる」

俺は目を白黒させた。先ほどまでの静寂が嘘のように、山波瑞羽を取り巻く空気が沸騰していた。数多くの人がナースステーションを行き交い、次々に漆原先生は指示を飛ばしていく。

「先生、ステロイドの投与量は？」

集中治療室《ICU》スタッフの看護師が尋ねてくる。漆原先生は唇を引き結び、

「パルスでいく」

俺は唾を飲んだ。

パルス――つまり、大量ステロイド投与《ステロイド・パルス》のことだ。ステロイドは量に応じて効果の強さ、および副作用の出やすさが変わってくる。一般的な内服のステロイドはせいぜい数十ミリグラムという単位で使用するのに対して、このステロイド・パルスの投与は点滴で一日あたり1000ミリグラムである。

文字通り桁外れの量を叩き込むため、治療効果は高いが、その分副作用も出やすく、免疫を抑える治療であるために、感染症で一気に持っていかれることもしばしばあると聞く。針の穴を通すような副作用管理が求められる治療なのだ。

まさに、諸刃《もろは》の剣《つるぎ》。

ステロイド・パルスを行うということはすなわち、何を措《お》いても暴走する炎症を抑え込むという決意の表れに他ならない。

「血糖測定を始める。あとはアトバコンの内服を――」

「先生！」

漆原先生の言葉を遮るように、看護師がナースステーションへ飛び込んできた。

「山波さんが痙攣《けいれん》してます！　酸素化も悪くなってます、指示ください！」

漆原先生の顔色が変わった。血相を変えてベッドサイドに走り寄る漆原先生。慌て後に続いた俺は、ベッド上の瑞羽さんの様子を見るなり情けない悲鳴を上げそうになった。

瑞羽さんの体は小刻みにがくがくと震え、口角から泡を吹いている。看護師さんたちが名前を叫んで肩を揺さぶっても反応はない。

（なんだ？　なんだよこれ⁉）

頭が真っ白になり、パニックに陥りそうになる。何をすれば良いのか分からなくなる。だが迷妄する意識を引き裂くように、漆原先生の声が鋭く響く。

「セルシン！　あと挿管の準備も！」

瞬きほどの間にバイタルをチェック、薬をＩＶ《静脈注射》し血ガスの値を確認、酸素投与を開始する。矢継ぎ早に、連鎖的に治療が加速していく。あまりに対応が早すぎて、何をやっているのか理解が追いつかない。

怒号のような指示が飛び交う。もはや戦場の様相を呈している。その中心に、漆原光莉はいた。

なおも漆原先生は治療を進めていく。その治療内容はあまりにも高度で、俺には到底把握しきれないものだった。走り回るスタッフたちをナースステーションの片隅か

ら見つめながら、俺は、

（……助かってくれ……！）

ただ、祈り続けた。


呼吸状態の悪化を踏まえ、瑞羽さんは一時的に人工呼吸器による管理を行うことになった。鎮静をかけられ眠った状態で、機械による呼吸補助を行う。口に管を入れられた瑞羽さんの周りには、人工呼吸器だけではなく様々なモニターやデバイスが置かれて足の踏み場もないほどだった。

漆原先生による治療が始まっても、病状は一進一退だった。毎日の採血では相変わらずパニック値が続いており、今もなお瑞羽さんの体内では免疫の暴走が起きていることが示唆された。

「君、この時間なのによく来るね」

早朝、午前六時ごろに集中治療室《ICU》に顔を出した俺を出迎えたのは、難しい顔をして電子カルテの前で何やら考え込んでいる漆原先生だった。

「採血出るの、これくらいの時間じゃないですか。気になるので」

それより、と俺は漆原先生に言った。

「先生こそ珍しいですね。この時間に起きてるなんて」

「起きてるんじゃない、寝てないんだ。一回寝たら、私起きられないし」

漆原先生はふわあと大きな欠伸をした。

「今日も来てるよ。ほら」

漆原先生は瑞羽さんの病室を指差した。部屋の片隅、パイプ椅子に座っているのは、不安そうな顔をして瑞羽さんの顔を見つめる泉さんの姿だった。

「毎朝、毎晩来てる」

「……心配なんですね」

俺は漆原先生の肩越しに電子カルテを見た。画面にはこれまでの採血結果が時系列で表示されている。改善には乏しい、と言わざるを得ないのが実情だった。

「治るでしょうか」

黙り込む漆原先生。しばらくして、突き放すように言った。

「治療開始が遅すぎる。もし治療が効いたとしても、後遺症が残る可能性は否定できない」

俺の背筋が総毛立つ。これ以上の重荷を、瑞羽さんは背負わなくてはいけないということか。

漆原先生は席を立った。つかつかと集中治療室《ICU》の出入り口へ向かいながら、

「勝つにせよ、負けるにせよ――最後までやるしかない」


瑞羽さんの治療が開始されて数日経った時のことだ。その日も俺は、医学部の授業が終わると共に集中治療室《ICU》へと向かった。瑞羽さんの状態が気になったからだ。

集中治療室《ICU》は一般病棟と違い、入室には手続きが必要だ。超重症例ばかりが入院しており、精密機器が大量に置かれているため、一般床のように気軽に入れる場所ではないのだ。

受付で学生証を提示し、俺は集中治療室《ICU》へ続く自動ドアを潜ろうとする。だが、ふと受付で話し込む人たちに目を留めた。

数人の女子高校生だ。どこかで見た制服を着ている。さてどこだっけと記憶を掘り返し、

(――あ)

瑞羽さんと同じ、都内某女子校の制服であることに気付いた。

高校生の一人が、受付の女性に話しかける。

「あの……。山波瑞羽さんが入院してるのって、ここで合ってますか」

受付の女性は愛想の良い笑みを浮かべながら、

「何かご用ですか？」

「お見舞いに来たんです。山波さんの同級生です」

受付の女性は遠慮がちに言った。

「来てくださってありがとうございます。ただ、当院は集中治療室《ICU》入室中の面会は親族以外はお断りしていまして、ご案内は難しいです」

そうですか、と高校生たちが肩を落とす。彼女たちはすがるように言った。

「少しだけでも会えませんか。大事な友達なんです」

必死の口調。受付の女性は困ったように眉根を寄せた。見かねて俺は声をかけた。

「あの。よければ、俺が案内しましょうか」

受付の女性と高校生たちが、目を丸くして俺を見る。俺は遠慮がちに言った。

「ここの学生の戸島と言います。山波さんの担当をさせてもらってます」

高校生たちは顔を見合わせた。二言三言囁《ささや》き交《か》わしたあと、

「お願いします」

と彼女たちは頭を下げた。

「入室後は手指消毒をお願いします。長時間の面会は遠慮してくださいね」という受

付の女性の言葉に送られながら、俺たちは集中治療室《ICU》へと踏み入った。

瑞羽さんのベッドは集中治療室《ICU》の中でも一番奥まった場所にある。ベッドサイドに高校生たちを連れていくと、彼女らは戸惑ったように人工呼吸器と瑞羽さんとの間で視線を往復させた。

「あの……。状態って、悪いんですか」

俺は返事に詰まった。少しずつ言葉を選びながら、

「……良くはないです。治療が始まったばかりで、今後効いてくるかどうかにかかっています。今が正念場です」

高校生たちは頷いた。彼女たちの一人が、

「——瑞羽」

震える声で呼びかける。無論、返事はない。

それっきり、高校生たちは何も喋らなかった。いや、喋れなかったのだろう。彼女たちの肩は小刻みに震えていた。泣き出しそうになるのを、必死に堪えるように。

「……また学校でね」

ぽつりとつぶやかれた言葉が、不思議と耳に残った。

(瑞羽さん)

瑞羽さんは生きていても辛いと、悲しくて堪らないと、起きるたびに涙が出ると言っていた。

（でも――君が生きることを願ってる人も、こんなにたくさんいる）

瑞羽さんはベッドの上に物言わず横たわり、目を閉じている。人工呼吸器と心電図モニターの音が、規則的に響いている。


一進一退の状況が続いた。

連日の泊まり込みによる疲れは澱《おり》のように俺の中に降り積もっていたが、かといって寮に帰ったところでぐっすりと寝ることは難しかった。

――こうしている間に、瑞羽さんが急変して、死んでしまうんじゃないか？

そう思うと、とても安らぐ気にはなれなかった。

だが、俺の疲労なんて漆原先生とは比べものにならないだろう。普段はあれほど寝汚いというのに、ここ数日の漆原先生は深夜だろうと早朝だろうといつも集中治療室《ICU》で指示を飛ばしていた。

「先生、大丈夫ですか」

とある日の早朝。集中治療室《ICU》の電子カルテ前でひたすら画面を眺める漆原先生に、

俺はおずおずと尋ねた。漆原先生は不機嫌な声で、

「何が?」

「少しは休んだ方が……」

「余計なお世話」

ぴしゃりと言われる。普段にもまして刺々《とげとげ》しい物言いだが、ここ数日の彼女の超人的働きぶりを目の当たりにした身としては、黙って引き下がるしかなかった。

「そんなことよりコーヒー買ってきて。ブラック、ホットで」

漆原先生の言葉に、俺は黙って頷く。クマの浮いた目をぎょろぎょろと動かしながら、

「……ん。今日の採血出てるね」

電子カルテを操作し、今日の採血結果を開く漆原先生。

「…………」

漆原先生がわずかに目を見開く。俺は不安になった。何か、新しい問題が発生したのだろうか。

「良くない結果ですか」

漆原先生は、無言。俺はもう一度訊《き》いた。

「漆原先生？」

漆原先生は深く息をついた。

「戸島。コーヒーはやっぱり買って来なくていい」

漆原先生はのっそりと立ち上がり、伸びをした。首周りを手で揉《も》んでほぐしたあと、漆原先生は歩き出した。俺は慌てて声をかける。

「先生。どこ行くんですか」

「コーヒーは自分で買うよ」

「え……」

訝り、眉をひそめる俺。漆原先生はすっと電子カルテの画面を指差した。画面には「山波瑞羽」の文字と、今日の採血の結果が表示されている。漆原先生はゆっくりと言った。

「私たちの勝ちだ」

その言葉の意味が分からず、ぽかんと口を開ける俺。次の瞬間、慌てて採血の値を覗き込んだ。

悪化の一途だった検査値に、改善の兆しが見え始めていた。

瑞羽さんの病状は少しずつ上向いた。透析が不要となるレベルまで腎機能は改善し、呼吸状態も良くなったため、人工呼吸器を離脱する——つまり、口に入っている気管チューブを抜管する方針となった。

抜管当日、救急科医師や看護師を含め、数人のスタッフが瑞羽さんのベッドサイドに集まっていた。抜管したはいいが、しばしば再度の人工呼吸器の使用が必要になることがある。そのため、有事に備えて人手をあらかじめ集めておくのが常だった。

「それじゃ、管を抜くから」

漆原先生は瑞羽さんに語りかけた。この段階になると鎮静はかけていないため意識は覚醒している。瑞羽さんの目はうっすらと開かれ、漆原先生の言葉にわずかに首肯した。

カフから空気を抜く。漆原先生が気管チューブを引っ張る。ずるりとチューブが抜け、

「ゲホッ！　オエッ……！」

瑞羽さんは派手に咳き込んだ。空気の味を噛み締めるように何度か深呼吸を繰り返したあと、

「……あ……」

まだ意識がぼんやりしているのだろう、眠たそうに瞼を細めたまま、ゆっくりと俺たちを見回した。瑞羽さんが目を留めたのは、

「…………」

不安そうな顔をして瑞羽さんを見つめる、泉さん。瑞羽さんは唇をゆっくりと動かし、

「お母、さん……」

泉さんが息を呑む音。瑞羽さんはそのままゆっくりと目を閉じ、穏やかな寝息を立て始めた。

泉さんの足が震えていることに気付く。次の瞬間、彼女はその場に膝をついた。嗚咽《おえつ》を漏らす泉さん。しゃくり上げる彼女を、俺たちはじっと見守り続けた。

その後の顚末《てんまつ》は推して知るべしだろう。

劇症型・抗リン脂質抗体症候群《CAPS》の状態を離脱した瑞羽さんは、その後も体調は順調に推移し、退院できることになった。

無論、全て丸く収まったとは言えない。抗リン脂質抗体症候群《APS》の治療は引き続き継続的に必要だし、何かの拍子に再燃しないとも限らない。それでも、退院する際の瑞

羽さんは、これまで見たこともないくらいに晴れやかな顔をしていた。

「お世話になりました」

退院の日、入院病棟にやってきた泉さんは深く頭を下げた。車椅子に乗った瑞羽さんは、少し気恥ずかしそうにしながら母親に倣った。

「次の外来は来週だから。薬、飲み忘れないで」

相変わらず眠たげな顔で漆原先生は言った。瑞羽さんたちは頷き、エレベーターホールに向かっていった。車椅子の車輪が回る音が、少しずつ遠ざかっていく。

「ファー……ねっむ……」

漆原先生が吸い込まれそうなほどの大欠伸をする。目をしぱしぱさせながら、

「戸島。コーヒー買ってきてー……。私、控え室で寝るから」

「分かりました」

相変わらずの容赦ないこき使われぶりだが、甘んじて受け入れることにする。いつにも増して疲労の色濃い漆原先生の顔を見ていると、今日ばかりは労《いたわ》ってもあげたくなるというものだ。山波瑞羽の治療にあたり、彼女が何日も泊まり込んで治療にあたっていたことを、俺は知っている。

エレベーターを降り、病院の廊下を歩く。夏真っ盛りの暑い日ということもあって

か、院内に設置されたコーヒー店は盛況だった。注文の列に並んでいると、ふと、

（あ）

山波親子が列の前の方に並んでいることに気付く。

「どれがいいの？」

「んー。オレンジジュース」

「こういう店でもジュース飲むのね……。ま、いいけど」

たわいもない会話をしながら、メニューを吟味する瑞羽さんと泉さん。

その光景を見て、この親子はようやくあるべき形を取り戻せたのだろうと思って、俺はなんだか無性に嬉しくなった。

「うん。採血は問題ないね」

瑞羽さんが退院した一週間後。外来にやってきた山波親子を前に、漆原先生は頷いた。

「この分なら、学校も行って大丈夫でしょう」

「それは良かった。もうすぐ期末試験なので」

泉さんが安心したように息をついた。

処方箋の準備をしたり次の外来の日程を決めたりしている中で、「ところで」、と漆原先生が思い出したように言う。

「他の病院に紹介するって話、どうするの」

（そういえばそんな話あったな）

瑞羽さんが緊急入院した日、泉さんは「病院を替えたい」と申し出ていた。だがその直後に劇症型・抗リン脂質抗体症候群《CAPS》を発症したため、結局転院の話は立ち消えになっていたのだ。

「もしまだ転院の意思があるなら、紹介状は作るけど」

山波親子は顔を見合わせた。泉さんはふっと笑い、

「その節は失礼しました。……もしよければ、引き続きこちらに通って良いですか」

「分かった」

漆原先生は首肯した。

診察を終え、診察室を出る瑞羽さんたち。俺はおずおずと漆原先生に声をかけた。

「あの、先生」

「ん？」

「少し、瑞羽さんたちと話してきてもいいですか」

「別に構わないけど、どうしたの」

「ちょっと用事があって」

俺は曖昧な笑いを浮かべて誤魔化したあと、鞄を背負って診察室を出た。

待合室は診察待ちの患者で混み合っている。人と人との間をすり抜けるようにしてリノリウムの廊下を早足で歩いていくと、前方に見知った車椅子が見えた。俺は走り寄り、

「瑞羽さん」

山波親子が振り向く。

「戸島さん？　どうしたんですか」

瑞羽さんが目を丸くする。俺はポリポリと頬をかき、

「あー……その。実は、渡したいものが」

不審そうに眉をひそめる山波親子。俺は鞄をゴソゴソと漁り、

「これを、君に」

古びた本を差し出した。

それは、かつて子供の頃の俺が何度となく読んだ小説だった。ドジな新米研修医が、怒られ、挫折を何度も味わいながら、それでも患者を救う物語。

俺が、医者になりたいと思うきっかけになった小説だ。

――私も読んでみたいです。

以前、瑞羽さんとした約束である。随分と時間が空いてしまったが、ようやく果たせそうだ。

山波瑞羽が若くして抱えた困難は大変なものだ。これから先、また辛い経験をすることもあるかもしれない。運命を呪うこともあるかもしれない。

それでも――この子なら、きっと乗り越えられる。

本を受け取った瑞羽さんは、しばらくの間、じっと本の表紙を見つめていた。そっと背表紙を指で撫でたあと、

「古い本ですね……」

「まあ、俺が子供の時に買ってもらったやつだからな」

瑞羽さんはゆっくりとした口調で尋ねた。

「この表紙の人が主人公ですか」

「ああ」

俺は頷く。

「どんな人なんですか」

「うーん……。しょっちゅう失敗して怒られて、けれど、いつも一生懸命なんだ。何度も挫折するけど、最後には患者を助けてる。そんな主人公だよ」

「そうなんですね」

瑞羽さんは静かに微笑んだ。

「あなたみたいですね」

唐突な褒め言葉に、俺は赤面した。ぽりぽり頬をかきながら、俺はもじもじする。

瑞羽さんは胸元に大事そうに小説を抱えた。

「ありがとうございます。――戸島先生」

そう言って、瑞羽さんは笑った。

俺は初めて、心の底から笑う彼女を見た。


夕方の診察室で、俺は漆原先生が散らかしたコーヒーの缶や論文の紙束を片付けていた。漆原先生は椅子に座って優雅に缶コーヒーをすすっている。

「山波瑞羽はもう帰ったの」

「ええ。お母さんと一緒に」

「そっか」

漆原先生は嘆息した。

「今回は本当にお疲れ様でした」

「なんだよ急に。気持ち悪いな」

俺の心からのねぎらいの言葉に対して、漆原先生は怪訝な表情をして距離を取った。二度とこの人には「お疲れ様」と言うまいと俺は誓った。

「私は仕事をしただけだよ。別に騒ぐようなことじゃない」

漆原先生は鼻を鳴らし、コーヒーに口をつけた。強がったり謙遜しているわけではない、この人は心の底からそう思っているのだろう。その芯の強さは羨ましい。

「そういえば」

漆原先生が思い出したように言う。

「あの時——山波瑞羽が治療を受けると決めた時。母親を説得して連れてきたのは、君？」

俺は少し迷ったあと、遠慮がちに頷いた。

「ええ、まあ。俺や漆原先生が何を言っても、瑞羽さんの気持ちは変わらないんじゃないかって。変えられるのは泉さんだけじゃないかって、思ったので」

「ふうん」

漆原先生は意味深長につぶやき、目を細めた。もしかして怒られるかな、今回だいぶ勝手に動いたからな、と身を縮こまらせる俺。

だが、

「――山波瑞羽が心変わりしたのは、母親の本音に心を揺さぶられたからだ。だから、あのタイミングで母親を説得して連れてきた君の行動は、結果的に山波瑞羽を救ったことになる」

俺は目を見開いた。周囲の音がしんと静まり返る。俺の心臓が突然、強く脈を打ち始めた。

「どう？」

漆原先生が、俺の目を見る。

「初めて、人を救《たす》けた感想は」

俺は言葉を発せなかった。呼吸が速くなる。心臓の音が、何度も何度も耳元で聞こえる。

俺はやっとの思いで言葉を絞り出した。

「……まだ、全然実感が湧かないんです。嬉しいとか、楽しいとか……。そういう気持ちは、正直、あんまりないです」

本音だった。

俺は半年前に、ある大失敗を犯した。自分の知識不足を自覚せず、間違った治療方針を押し付けようとした。漆原先生のおかげでなんとか大惨事には至らずに済んだものの、自分の驕《おご》りを戒める気持ちは一生忘れることはないだろう。

だから、

「今は、ただ――。もっと医学の勉強がしたいです」

漆原先生は、小さく笑った。

「良い心がけだ。それなら、早速コーヒーを買ってきてもらおうか」

「それ、医学の勉強と関係あります？」

「コーヒーに含まれるカフェインは覚醒作用がある。適量のカフェインは集中を促し、コーヒーの生涯摂取量は認知機能低下の予防、脳卒中やパーキンソン病のリスク低下との相関も指摘されている。よって、勉強の前にコーヒーを摂取することは合理的だ」

漆原先生はコーヒーの空き缶をゴミ箱に投げ捨てた。いつも通りの不敵な表情で、

「君、勉強が足りないね」

そう言って、漆原先生は口の端を吊《つ》り上《あ》げた。

あとがき

初めて小説を出版してから五年ほど経ちますが、大変ありがたいことに、友人たちから「お前の本読んだよ」と連絡をもらうことが増えてきました。特に「君《きみ》は医《い》者《しゃ》になれない　膠原病内科《こうげんびょうないか》医《い》・漆原光莉《うるしばらひかり》と血《ち》嫌《ぎら》い医学生《いがくせい》」はＳＮＳや新聞で話題にしていただいたこともあり、結構びっくりするくらいあちこちから感想をもらいました。久々に顔を合わせた大学の同期は、「大学生の頃を思い出したわ」と笑っていました。

医学生というのは不思議な立場です。大学生であり、医者の卵でもあります。そういう宙ぶらりんな時期だからこそ感じたことや体験できたことを、物語のあちこちに埋め込んでいます。本作は医学部のカリキュラムやスチューデント・ドクターの扱いなどは若干現実からは変えていますが、医学部の空気感だけは崩さないように留意しています。

医学部の雰囲気というか、匂いというか、そういうものを感じてもらえたら良いな、と思っています。

本作「君は医者になれない2　膠原病内科医《こうげんびょうないかい》・漆原光莉《うるしばらひかり》と鳥《とり》かごの少女《しょうじょ》」はシリーズ二巻目に当たります。

なんのエビデンスもない個人的な意見ではありますが、「面白い小説は第二巻が強い」と思っています。

これまで僕が夢中になったシリーズは小説にせよ漫画にせよ、二巻で一巻を上回るストーリーを見せてくれたものばかりでした。

その点で言うと、本巻は「君は医者になれない」というシリーズにとって重要な立ち位置を占めることになります。

今作の中心となる登場人物の一人である山波瑞羽の物語は、「君は医者になれない」という小説を書き始めて以来ずっと頭の中にあったエピソードになります。

二巻目のラストを担うにふさわしいものになったと期待していますが、一方で感想を聞くのが怖くもあります。

必ずしも明るい結末とは言い切れませんし、人によっては快くは感じないかもしれません。

ただ、少なくとも、僕の医者としての矜持《きょうじ》を込めたつもりです。

本巻もまた、担当編集の阿南《あなん》さんと小原《こばら》さんには大変お世話になりました。引き続きよろしくお願いします。

イラストを担当していただいたBALANCE先生。漆原光莉の息遣いが聞こえてくるような美麗なイラストをありがとうございます。作者は早く出来上がった本が見たくて毎日ソワソワしています。

毎度毎度下読みに付き合ってくれる大久保《おおくぼ》先生、小嶋《こじま》先生、槇《まき》先生、結城《ゆうき》先生、今回もお世話になりました。また飲酒に行きましょう。

そして何より、読者の方々へ。

本作を手に取っていただき、そしていつも応援していただき、本当にありがとうございます。

午鳥《ごどり》は引き続き力の限り小説を書き続ける所存ですので、どうか今後ともよろしくお願いします。また会いましょう。

２０２３年　大雪《たいせつ》　午鳥志季《しき》

＜初出＞

本書は書き下ろしです。

メディアワークス文庫

君《きみ》は医者《いしゃ》になれない2

膠原病内《こうげんびょうない》科《か》医《い》・漆原光莉《うるしばらひかり》と鳥《とり》かごの少女《しょうじょ》

午鳥志季《ごどりしき》

2024年２月25日　初版発行

発行者　山下直久
発行　株式会社KADOKAWA
〒102－8177　東京都千代田区富士見２－13－３
0570-002-301（ナビダイヤル）
装丁者　渡辺宏一（有限会社ニイナナニイゴオ）
印刷　株式会社暁印刷
製本　株式会社暁印刷

●お問い合わせ
https://www.kadokawa.co.jp/（「お問い合わせ」へお進みください）
※内容によっては、お答えできない場合があります。
※サポートは日本国内のみとさせていただきます。
※Japanese text only

※定価はカバーに表示してあります。

Printed in Japan
ISBN978-4-04-915574-7 C0193

メディアワークス文庫　https://mwbunko.com/

本書に対するご意見、ご感想をお寄せください。

あて先
〒102-8177　東京都千代田区富士見2-13-3
メディアワークス文庫編集部
「午鳥志季先生」係

幸せは口座に預けることはできません
はみだし銀行員の業務日誌

高村 透

こんなユニークな銀行員、いままで見たことない！

みらい銀行に勤めるカズマは、失敗ばかりでクビを恐れながら働く、一般的な銀行員のイメージとはかけ離れた、ユニークで人間味豊かな男だ。

幼い娘の口座をつくりに来た母親、遺産相続を巡って争う姉妹……。カズマのもとには、金にまつわる悩みを抱えた人々が次々と訪れる。

「営業ノルマとか、本社の指示とか、他銀行との競合とか、お客には関係ないじゃないか」

カズマはそうつぶやきながら、金銭じゃ買えない温かな幸せを、穏やかな笑顔とともにお客たちに与えつづける。

メディアワークス文庫

西由比ヶ浜駅の神様

村瀬 健

過去は変えられないが、
未来は変えられる——。

鎌倉に春一番が吹いた日、一台の快速電車が脱線し、多くの死傷者が出てしまう。

事故から二ヶ月ほど経った頃、嘆き悲しむ遺族たちは、ある噂を耳にする。事故現場の最寄り駅である西由比ヶ浜駅に女性の幽霊がいて、彼女に頼むと、過去に戻って事故当日の電車に乗ることができるという。遺族の誰もが会いにいった。婚約者を亡くした女性が、父親を亡くした青年が、片思いの女性を亡くした少年が……。

愛する人に再会した彼らがとる行動とは——。

メディアワークス文庫